écriture　新人作家・杉浦李奈の推論 II

松岡圭祐

角川文庫
22961

目次

1

二十三歳の杉浦李奈は、前に講談社にも着ていった婚活風のドレスに身を包み、絢爛豪華な通路を歩いた。ホテルメトロポリタンエドモント、二階の大広間へと向かう。一緒に歩く同年齢の小説家、那覇優佳のパーティードレスは、もっと洗練されていた。アップにまとめた茶髪とも上品に調和している。

李奈はすっかり腰が引けていた。「やっぱきょうは遠慮したほうが……」

「なにいってんの？」優佳の美麗にメイクを施した顔に、あきれたような表情がひろがる。「推理作家協会の懇親会だよ。そんな及び腰になる必要ある？」

「ただのラノベ作家だし」

「一般文芸のミステリもだしたじゃん。『トウモロコシの粒は偶数』」

「爆死したし。発売日からアマゾンで中古本一円の嵐」

「送料が高いからだいじょうぶだって。新品で送料無料と、金額はそんなにちがわないでしょ。賢い人はそっちを買うよ」

「文庫はそうだけど、あれハードカバーの単行本だったし、もとの値段が高くて……」

「もう。ここに来てる作家、みんな単行本売れてると思う？　出版不況。活字離れ。コロナ不況の後遺症。いいわけはいくらでもあるんだから前向きに考えなきゃ」

　ポジティブかネガティブかよくわからない励まし。那覇優佳は文学新人賞出身だからか、態度に余裕を感じさせる。杉浦李奈はカクヨムでＫＡＤＯＫＡＷＡに拾われた叩（たた）きあげでしかない。

　大広間の入口わき、受付は結婚披露宴と変わらなかった。招待状を提出し、参加費を払うと、ネームプレートが渡される。杉浦李奈と書かれている。胸につけねばならないようだ。

　李奈の困惑は深まった。「小学生のころに戻ったみたい」

「本名なの？」優佳がきいた。

「そう……。優佳はちがうの？」

「わたし森口優花（もりぐちゆうか）っていうの。ほとんどの作家さんはペンネームでしょ」

「だよね。いまになって後悔してる。検索に〝杉浦李奈　つまらない〟ってサジェストワードがでてくると、胸にぐさっとくる」

「正宗白鳥はペンネームを後悔してたってさ。くしゃみみたいな名前だって。そういう作家もいるんだから、本名でも気にしない」

　ふたりで会場内に歩を進める。大宴会場は立食パーティー形式で、グラス片手の大人たちが埋め尽くし、やたら賑やかだった。スーツの中高年男性が大半を占めている。作家のほかに編集者が多くいるようだ。すでに知った顔が何人か目につく。

　優佳が微笑した。「酒を飲むと気持ちをごまかすことができて、でたらめいっても、そんなに内心反省しなくなって、とても助かる」

　太宰治の『酒ぎらい』の一節だった。李奈はつぶやいた。「たしかにご機嫌な人が多そう」

「中原中也みたいな酒乱となると、さすがに見かけないけどね」優佳がそっと耳打ちしてきた。「見てわかるとおり、おじさんばかりだからさ。誘われてもついていっちゃ駄目よ」

　そんな会場内では例外的な存在、二十代半ばの青年がひとり近づいてくる。長めの髪に細面、痩身にテーラードジャケット姿、わりとイケメンだった。青年は優佳に声をかけた。「那覇さん」

「あ、曽埜田さん。こんにちは」優佳が李奈に向き直った。「こちら曽埜田璋さん」

李奈は目を瞠った。「あー。『謎解き主義者マキの禅問答』シリーズの……」

曽埜田璋が面食らったような反応をしめした。「知ってた？　嬉しいね。お目にかかれて光栄です、杉浦李奈さん」

「わたしをご存じなんですか」

「そりゃもちろん……」曽埜田は口ごもった。題名をいおうとして思いだせなかったらしい。

やむをえないことだと李奈は思った。一部に顔を知られているのは、岩崎翔吾騒動の折、報道記者に追いまわされたからでしかない。ひところはテレビを通じ、李奈を記憶する人々が増えたものの、本の売り上げにはつながらなかった。

曽埜田が笑顔を取り繕った。「杉浦さん。ここは初めて？」

「はい……」

「なら大御所の作家さんたちを紹介するよ。一緒にきて」曽埜田が場内を歩きだした。

後につづきながら、李奈は優佳にきいた。「曽埜田先生と知り合い？」

「先生って」優佳が歩調を合わせてきた。「ここじゃ先生だなんて呼び合う人はいないよ。さん付けでいいから。曽埜田さんとは新人賞の授賞式で一緒だったの」

「へえ……。じゃ同じ年度の受賞者？」

「そう。授賞式じゃ本名だったけどね。本名は園って漢字の園田に、昭和の昭であきら」

「園田昭さん。字面がよさそう」

「ね？　作家向きの名前だよね。なのに曽埜田璋とかちょっとダサ……」

きこえたらしい。曽埜田が振りかえった。「沖縄好きってだけで、苗字を那覇にするほうが変わってる」

「三島駅を通ったから三島由紀夫。そんなにめずらしいことじゃないでしょ」

中高年の男性らが群れている。曽埜田が声をかけた。「ちょっとすみません。紹介します。ええと、那覇優佳さんとはお知り合いですよね？　こちらは杉浦李奈さん」

男性らは歓迎の意をしめした。李奈は一同のネームプレートを目にしたとたん、胸の高鳴りをおぼえた。知っている名前ばかりだった。まるで書店の作家名別の棚を見るようだ。

長身で短髪、眼鏡をかけた桐越昴良は、リアルな警察小説で知られる作家だった。桐越が笑いながらいった。「ちょうどよかった。いま純文学作家が書くミステリについて議論しててね。福永武彦が加田伶太郎のペンネームでだした推理小説を、予備知識なしに福永作だとわかるだろうか、という」

なぜそれが〝ちょうどよかった〟となるのか。理由はあきらかだった。岩崎翔吾の盗作騒動で、本人作か否かの論争が世間を賑わせた。答えをしめすノンフィクション本を、杉浦李奈は出版した。そこに絡めてのことだろう。ほんの数か月前のことだが、もう大衆はすっかり忘れている。多少なりとも話題にしたがるのは、いまや出版業界人にかぎられていた。

李奈は真面目に答えた。「『草の花』も『忘却の河』も純文学ですが、わりと飾らない率直な文章表現がめだちますよね。ドライな表現は加田伶太郎名義の推理小説にも顕著ですし、母親がキリスト教の伝道師だったからか、聖書の影響も共通しています。同一人物作だと分析するのも、無理ってわけではなさそうかと……」

丸顔の陽気そうな五十代、直木賞作家の杜若小路がいった。「ほらみろ！　私のいったとおりだ。福永武彦が海外ミステリの作法に順応したのは、聖書の影響だよ。杉浦さんはお若いのに、なかなか造詣が深い」

乱歩賞作家の山本洋輔が、白い眉を八の字にし苦笑した。「若い女の子が同意見とあっては、杜若さんの説に、みなこぞってなびくでしょうな」

一同が控えめに笑ったとき、スピーカーから音声が響き渡った。「ではここで、日本推理作家協会賞受賞者にご登壇いただきます。汰柱桃蔵さん、お願いします」

正面に設置された舞台に、五十代後半の太りぎみの男性があがる。恵比寿(えびす)顔ではあるものの、どこか狡猾(こうかつ)な印象を漂わせる。昨今のテレビでは最もよく見かける小説家だろう。

汰柱桃蔵。五年前、コピーライターから小説家に転身するや、爆発的な成功をおさめた人物。『時限の大陸』が本屋大賞を受賞、三百五十万部のベストセラーを記録した。この五年間に『気高き決意の人』『台風の水晶』が映画化、『ラタナティック』がドラマ化。どれも有名な作品となり、いまや流行作家の名をほしいままにしている。

さも愉快そうに目を細めながら、汰柱桃蔵はマイクを前に立った。「えー。さきほどほかのかたのスピーチに、出版不況とありましたが、私にとっては久しぶりにきく言葉だなと思えましてね。まだそんなものがあったんかいなと」

場内に笑い声が沸き起こる。とはいえ編集者らが付き合いで笑ったにすぎない、いま李奈の目の前にいる大御所作家らも、一様にしらけた表情を浮かべていた。

文学新人賞という登竜門を経てデビューしたのではなく、突然現れ成功をかっさらった新進作家。経歴は浅くとも、重鎮並みの年齢で、年に六作以上も発表する多作ぶり。五年間の作家生活で、すでに三十四作を書き下ろしている。累計の発行部数は二千万部超。これで謙虚な性格の持ち主なら、推理作家協会の理事に推薦されそうだが、まるで不向きなことは演説からもわかる。

汰柱が上機嫌そうに声を張った。「とにかく芥川にしろフォークナーにしろ、みんなミステリに手をだしとるのですから、猫も杓子もミステリを書くべきだと私は思うんです。誰が書いてもそれなりに面白くなって、確実に人気を博すジャンルは、ほかにそうないでしょうから」

編集者らの笑い声が小さくなった。ミステリを書けば売れて当然という主張を、推理作家協会の懇親会でスピーチする。なんの目的でそんな行為におよぶのだろう。冷ややかな雰囲気がひろがったものの、汰柱はいささかも気にしていないようすだ。

汰柱桃蔵は遠慮のない論客として知られ、SNSの炎上も日常茶飯事だった。弱者の社会運動家に冷たく、刑事罰の厳罰化を支持、未成年犯罪者の実名報道にも全面的に賛成している。差別的な発言が多く、よく顰蹙を買う。それでも愛読者らの熱い支持が揺らぐことはない。

スピーチはまだ継続中だが、馴染みの顔がふたり、李奈のほうに近づいてきた。ふたりともKADOKAWAの社員だった。三十代半ば、面長に丸眼鏡は、李奈の担当編集者の菊池。もうひとりの痩せた五十代は編集長の宮宇。李奈にとっては岩崎騒動以来の再会になる。

菊池が声をかけてきた。「やあ。みんな来てたんだな」

優佳も李奈と同じく、KADOKAWAでは菊池が担当編集者になる。会釈をしながら優佳がいった。「こんにちは。宮宇さんも、おひさしぶりです」

宮宇編集長は大御所作家らにおじぎをした。「こりゃまた錚々たる顔ぶれですな。あらゆる世代の作家が一堂に会している」

大御所のひとり、杜若が笑った。「われわれが若い子たちに相手をしてもらっているだけですよ。けっして女の子ばかり贔屓しているわけでもない。好青年もいるし」

曽埜田が目を丸くした。「僕のことですか。恐れいります」

一同が笑ったとき、場内には拍手が沸き起こった。汰柱がスピーチを終えた。壇上ではビンゴゲーム大会の準備が始まっている。

舞台を下りた汰柱がこちらに歩いてくる。「宮宇さん。菊池君」

宮宇編集長が愛想笑いとともに、あからさまな低姿勢に転じた。「ああ、どうも、汰柱さん。若手の作家陣を紹介します。杉浦李奈さん、那覇優佳さん、曽埜田璋さんです」

「ほう」汰柱は満面に笑いを浮かべた。「これは可愛らしい。アイドルみたいな女の子たちですな。初めまして。宮宇さんには、綺麗どころが来たら紹介してほしいと伝えてあったんだが」

汰柱が豪快な笑い声を発する。曽埜田が困惑ぎみに退いた。青年は汰柱の眼中にないようだ。大御所作家らが顔をしかめたものの、汰柱は彼らのことも意に介さない。

唐突に汰柱が距離を詰めてきた。深呼吸する素振りをしながら汰柱はいった。「いいにおいがするな。若い子に特有のにおいだ。田山花袋が蒲団を嗅ぎたくなった気持ちもわかる」

また汰柱が高らかに笑った。李奈と優佳は黙って顔を見合わせた。喩えが適切でない気がする。

「さて」汰柱がぽんと手を叩いた。「ここが終わったら、その後の予定は？　二次会の当てがあるのかな」

「いえ」優佳が半笑いで応じた。「べつに……」

「そうか。なら」汰柱は宮宇編集長に目を向けた。「きょうもいつもどおり、私の仕事場に来てくれるんだろう？　こちらの綺麗どころも連れてきたら？」

「あのぅ」宮宇編集長は戸惑いがちに応じた。「ええと、ふたりの予定をきいて、問題がなければ……」

「結構。ではまっとるよ。先に仕事場に帰っとく。ビンゴゲーム大会に興味はないのでな」汰柱は笑い声を響かせながら立ち去った。

一同が呆気にとられた顔で、汰柱の後ろ姿を見送る。曽埜田がため息をついた。

「僕は招かれてないってことですよね？」

大御所作家のひとり、山本が鼻を鳴らした。「気にするな。私たちもだよ。呼ばれたいとも思わんがね」

いまはどんな約束が交わされたと解釈するべきなのだろう。李奈は菊池にきいた。

「わたしたち、一緒に行くことになったんですか？　汰柱さんの仕事場に……」

宮宇編集長が申しわけなさそうな目を向けてきた。「ここでのパーティーのあと、私たちはいつも呼ばれるんだよ。うち以外にも各社の編集者が顔を揃える。汰柱さんは独身で、暇らしくてね。作家友達もいないようだから、私たちを取り巻きにしたがってるらしくて」

優佳は露骨に嫌そうな顔をした。「断ればいいじゃないですか」

菊池が嘆いた。「うちでなかなか書いてくれないんだよ。もうひと押しなんだ。よそもそう思ってるんだろうけど……」

「わたしと李奈には関係ないことですよね？」

「いや。あのう、付き合わせて済まない。仕事だと割りきって、協力してもらえないかな」

「はあ?」優佳が当惑のまなざしを李奈に移してきた。「それって……」

李奈は優佳を見かえした。理不尽であっても断れない。仕事を干されたくないからだ。フリーランスの辛いところだった。二十三歳。立場だけは晩年の樋口一葉と同じ。奇跡の十四か月はいまだ始まらないが。

2

汰柱桃蔵の仕事場は、麻布の二十階建てマンションの最上階だった。ここから歩いて行ける距離に、自宅の一戸建てがあるという。

李奈は窓辺に立った。リビング兼書斎の窓から見下ろす夜景は、たしかに素晴らしい。室内には大勢の編集者らが詰めかけている。集英社、文藝春秋、講談社、新潮社、小学館。ほとんどが三十代以下の女性なのが気になる。KADOKAWAだけは男ふたりだった。汰柱が注文した寿司やピザがテーブルに並ぶ。冷蔵庫いっぱいに酒類が買いこんである。すっかりホームパーティーの様相を呈していた。

テレビやオーディオ機器類はない。部屋の隅に据えられたデスクのわき、書棚が壁に埋めこまれている。知らない本が多かった。有名どころはアーサー・C・クラーク著、伊藤典夫訳の『2001年宇宙の旅』ハヤカワ文庫版ぐらいか。あとは汰柱桃蔵著の文庫が埋め尽くす。同じ書名が七、八冊ずつあった。著者見本が常に十冊ずつ送られてくるからだろう。

汰柱桃蔵の小説は大半が書き下ろしで、まず単行本で出版するが、文庫化が早いことで有名だった。単行本を半年間で売り切ったのち、ただちに文庫版が店頭に並ぶ。鉄は熱いうちに打てといわんばかりの、商売に貪欲な姿勢。よって著者見本も溜まる一方のようだ。

いま汰柱は大勢の編集者に囲まれ、世辞を全身に浴びていた。屈託のない笑顔から上機嫌ぶりがうかがえる。著者のほうが編集者に食事を奢るなど、レアケース以外のなにものでもない。いかに売れている作家でも、ふつう接待するのは出版社側のはずだ。ここにいる編集者たちは、推協のパーティーに引きつづき、タダ飯にありつけるならと割りきっているのかもしれない。

李奈は居場所を失い、窓際に逃れた。すると近くに優佳が立っていた。ふたりは苦笑しあった。

優佳がきいてきた。「どう思う?」

「どうって……」李奈は応じた。「変わってる」

「ね？　なんていうか、ひとりで推協と張りあってるみたい……」

「ちょっと。それいっちゃ悪いって」

「でも事実じゃん」優佳は遠慮なく持論を口にした。「自腹を切ってまで編集者をもてなしてる。時の人たる汰柱桃蔵からの招待は、推協のパーティーより価値があると印象付けたがってる。各社からの依頼を独占することを切実に求めてそう」

「そうかな？　今後の付き合いを重視するというより、ただ賑わいの中心にいたがってるんじゃない？」

「あー。たしかに。推協のパーティーじゃ、そんな欲求は満たされないもんね。いかに売れてて有名だろうと、汰柱ひとりを持ち上げてくれる場じゃないし」優佳は醒めた表情でずばりといった。「ようするに寂しがり屋ってことでしょ」

「声が大きいよ」李奈はひそひそと制した。「周りにきこえるって」

「ちょっとお酒がまわってきたかも」優佳はからになったグラスをテーブルに置いた。グラスに添えていたナプキンを、どこに捨てようかと辺りを見まわす。

李奈は手を差し伸べた。「捨ててきてあげる」

「ありがとう」優佳がくしゃくしゃになったナプキンを渡してきた。

デスクの傍らに置かれたゴミ箱に向かう。ナプキンを捨てようとして、ふとゴミ箱の中身が気になった。文庫本が二冊、ゴミ箱のなかに放りこんである。

それらを拾いあげた。どちらも真新しい。汰柱桃蔵著の文庫だった。自然に途中のページが開いた。全体的には読んだ形跡がないものの、一か所のみ大きく開かれたとわかる。左ページの真んなかあたりに、ボールペンでレ点が打ってあった。もう一冊のほうも、自然に開く見開きの右ページに、やはりレ点が見つかった。ほかのページはいちども開いたようすがない。

近づいてくる人影があった。担当編集者の菊池だった。渋い顔で菊池はささやいた。

「汰柱さんの悪い癖だよ」

「悪い癖……？」

そのとき汰柱が声高にいった。「鳳雛社なんてとんでもない！　岩崎翔吾の『黎明に至りし暁暗』をだした会社だろう？　見る目のなさでは業界随一じゃないか」

取り巻きと化した編集者らに笑いが渦巻く。汰柱は酒が入っているらしい。赤ら顔で鳳雛社のほか、数社を槍玉にあげ、好き放題にけなしつづける。この場にいる編集者の各社を褒めちぎることも忘れていない。

菊池が声をひそめながら告げてきた。「汰柱さんは有名になる前、鳳雛社から出版を断られたことがあってね。それをいまだに根に持ってる。ほかの悪くいってる会社も同じ。大なり小なり因縁がある」

「トラブルを多く抱えてるんでしょうか……？」

「ああいう性格だからね。うちも新作をだしたい反面、こじれたらどうしようと気が気じゃないよ。だせば売れることはわかってるんだけど」

汰柱はスマホをいじりながら、近くの女性編集者と談笑していた。「そんなことといって、なにを追加注文すればいいんだ？　酒屋はなんでも届けるといっとるぞ。ビールか？　ワインか？　日本酒か？　意見がまとまらんな。そうだ」

菊池が李奈にささやいた。「ほら始まった。こっちに来るぞ」

その直後、汰柱がこちらに向かってきた。大勢の取り巻きを引き連れている。汰柱は笑顔のまま書棚に歩み寄った。「漢字ならビール。ひらがなならワイン。カタカナなら日本酒にしよう」

書棚から自著の文庫を一冊引き抜く。デスクからボールペンをとりあげた。汰柱は顔をそむけ、文庫の任意のページを開いた。手もとを見ないまま、ボールペンでレ点を打った。

菊池が小声でこぼした。「さてお立ち会い、というよ」

汰柱は本をデスクの上に伏せた。「さてお立ち会い」

思わず笑いそうになる。李奈は口もとを手で覆いながら見守った。汰柱は注目を浴びるのが好きらしい。もったいぶりながら文庫をとりあげ、見開きのページを上に向ける。レ点の角は、右ページの中央付近、カタカナに重なっていた。

「カタカナだ！」汰柱はスマホを耳にあてた。「もしもし、またせた。日本酒を頼みたい」

そういいながら汰柱は文庫本をゴミ箱に放りこんだ。李奈はもやっとした気分になり、ゴミ箱のなかを見下ろした。文庫本のカバーは新品同然の光沢を放っていた。

電話注文を終えた汰柱が、李奈に目を向けた。「きみも日本酒をたしなむか？　坂口安吾（さかぐちあんご）もいっとる。なぜ飲むのかといえば、なぜ生き永えるかという疑問と同じだと」

「いえ、お酒はちょっと……。それよりこれ、もったいなくないですか」

「あん？　本の話か。いいんだ。著者見本は溜まる一方でな」

「でもご友人にあげたりとか……」

「友人なら買わせないとな。買わない奴は友人じゃないだろう。ブックオフに売り飛ばしてやりたいが、そっちで安く買われるのも癪（しゃく）だしな」汰柱が豪快に笑った。

また取り巻きが仕方なげに同調する。乾いた笑い声が室内にひろがった。

李奈はゴミ箱から目を離せなかった。「せっかく映画化の帯がついてるのに……」

汰柱が口もとを歪めた。「記念として保存しとくべきだって？　きみは可愛いな。私にとっては、たかが帯でしかないよ」

優佳が近寄りながらいった。「汰柱さんぐらいになると、最初から映画化がきまってたりするのかも」

「いや」汰柱の眉間に縦皺が刻まれた。「さすがにそれはないな」

編集者らが一様にうなずく。宮宇編集長が優佳を見つめた。「映像化前提の小説執筆依頼というのは、まずないんだよ。あったとしたら、その後は揉めるのが既定路線でね」

別の編集者がいった。「映像関係者は諸事情に振りまわされていますからね。かならず通せると確約できる企画なんかないはずです。どんなに売れている作家さんでも、映像化は事前に決定しないものです。文学賞の受賞が約束されないのと同じで」

汰柱がデスクの端に腰かけた。「とはいえ、いちど映像化で本の売れ行きが伸びると、なんとかそれを前提に書けないかと下心まるだしになるのが、作家あるあるでな。脚本をやろうとしてみたり、プロデューサーを紹介してくれと頼んだり、いずれも無駄な努力に終わる」

今度は編集者たちも純粋に笑っているように思えた。汰柱の発言に誰もが共感したらしい。出版業界に携わる人々にとっては常識なのだろう。

せっかくの機会だからきいておきたい。李奈はたずねた。「映像化というのは、どう決まるものなんですか」

汰柱が世間話のような口調で応じた。「本の出版後、見知らぬプロデューサーが編集者に連絡してきて、映画かドラマにしてもいいですかと問いかけてくる。本決まりになったら契約を交わす。それだけだ」

菊池がさばさばした顔を李奈に向けてきた。「こっちは小説を出版するだけなんだよ。二次使用はどこかほかの商売でしかない。原則として口だしもできない」

「ああ」汰柱がため息まじりにいった。「芥川龍之介（りゅうのすけ）は塚本文（つかもとふみ）に送った恋文に、小説家は日本でいちばん金にならない商売だと書いとる。私は芥川の中期の作品が好きでな。『地獄変』にあるように、芸術のための芸術を追求する姿勢、あれこそ小説家の本望だろう」

編集者らは神妙にうなずいたものの、どことなくそらぞらしい態度がのぞきだした。当然かもしれない。商魂たくましい汰柱桃蔵が、柄にもないことを口にした。李奈もどう受けとるべきか戸惑った。いまの発言と、この豪華なマンションの一室、著者見本をゴミ箱に放りこむ行為。まるっきり合致しない。

汰柱がまた笑顔に戻った。「ところで日本酒が届いて、食事もひととおり済んだら、その後はどうするかね。赤坂には私の行きつけのバーがある。あるいは若い諸君のためカラオケに行くのも悪くない。このまま部屋で歓談するのもいい」

一同の表情が凍りついた。みな尻込みしているのはたしかだが、誰も断れずにいる。

優佳が途方に暮れた顔で立ち尽くしていた。李奈も同じ気持ちだった。この先まだ付き合わされるのか。

無言の拒絶はまるで効果を発揮しない。汰柱は嬉々として書棚に向き直った。「漢字が赤坂、ひらがながカラオケ、カタカナがこのまま歓談ってところか」

宮宇編集長が割って入った。「もうひとつ別の選択肢を加えてはいかがでしょう。句読点に当たった場合、きょうはお開きとか」

汰柱がむっとした。「お開き?」

「いえ、あのう。楽しみはまた次回にとっておくというのも、悪くないんじゃないかと思ったしだいで」

「……そうだな。きょうのところは家に帰ってゆっくりするというのも、たしかにありかもしれんな。推協のパーティーで演説したせいか、少々疲れとる」

女性編集者らの顔がほころぶ。しかしあまり露骨に感情を表出させられないようだ。どの顔も自制心が働き、ぎこちない微笑に留(とど)まった。

「わかった」汰柱はデスクに向き直った。「その選択肢も加えよう。一冊とってくれ」

宮宇編集長が文庫本を渡す。「これ未使用ですよね？」

汰柱はぱらぱらとページをめくった。なんの書きこみもない。汰柱はうなずいた。

「新品だ」

「どうぞ」宮宇がボールペンを差しだした。

一同の祈る気持ちはあきらかだった。句読点に当たってほしい。汰柱は顔をそむけ、何度か本を開き直したのち、一か所にきめたようだ。ボールペンでレ点を打つと、本をデスクに伏せた。「さあお立ち会い！」

女性編集者のひとりがいった。「赤坂のお店、行ってみたいですね」

別のひとりも大仰なほどの笑みを浮かべた。「カラオケもいいかも」

絶対に本心ではない。発言した当人たちの顔にそう書いてある。だが汰柱は真意に気づかず、さも楽しそうに声を張った。「そうだろう！　赤坂のバーは本当にお勧めだ。カラオケも六本木(ろっぽんぎ)にいい店が……」

まだ結果を見せずに引っぱるのか。誰もがげんなりする反応をしめしたとき、宮宇編集長がたまりかねたように、伏せられた本を上向きにした。みないっせいに息を呑み、見開きのページを凝視した。汰柱の表情がわずかに険しくなった。

3

夜の市街地を麻布十番駅へと歩く。優佳が晴ればれとした顔でいった。「いやー、幸運ってのはまさにこのこと！」

菊池も笑顔が絶えなかった。「宮宇さんが句読点といいだしたときには、まず無理だろうなと覚悟しましたよ。せめて行間の空欄にレ点を打った場合としてほしかった」

宮宇編集長は喜びを隠しきれないようすだった。「行間はやり直しってのが汰柱ルールなんだよ。だから句読点にしたんだが、自分でもいった直後に後悔した。まず当たらないだろうなって。ところが……」

「みごと的中ですよ。さすが宮宇さん」

「これで運を使い果たした気がする。来月の新刊は売り上げが総崩れかもなぁ」

李奈も心底ほっとした気分で、三人に歩調を合わせていた。汰柱はレ点を〝。〟に打った。なおも汰柱は渋ったものの、ただちに編集者らがグラスを置き、ご馳走様でしたとおじぎをした。一糸乱れぬ集団の反応が汰柱を押しきった。おかげで早々に解放された。

宮宇が文庫本を差しだしてきた。さっき汰柱がレ点を打つのに使った本だった。題名は『世捨て人の帰還』、汰柱桃蔵著。宮宇がいった。「これ、あげるよ。幸運の一冊だけに、ゴミ箱に放りこまれたんじゃもったいなくてね。もらってきた」

「いいんですか？」李奈は文庫本を受けとった。

「ああ。その本はもう電子書籍で読んだから」

李奈は本を開いた。一か所のみレ点が打たれただけの、新品同然の文庫本。力強いレ点がみごと句点をとらえていた。落書きはそこだけで読むのに支障はない。

文面を眺めるうち、やはりギャンブルだったと痛感する。ほんの数ミリずれていたら、もう結果はちがっていた。句点はだいたい八十字に一回、読点も二十字から三十字に一回とされる。分の悪い勝負だった。幸運の一冊という表現はあながち大げさでもない。

それにしても、落丁本でも乱丁本でもないのに、自著だからといって粗末にしすぎだ。李奈はつぶやいた。「せっかくだからサインをもらってくればよかった」

優佳の顔から笑みが消えた。「引きかえす気なら、わたしは付き合わない」

「そんなつもりはないよ……」

「李奈のほうから汰柱さんに会いに行ったら、バーやカラオケどころじゃなくなるかもよ。どうする？　今度もレ点が句読点をとらえるとはかぎらない」

「うまくサインだけもらう結果にならないかなぁ」

「もしかしてギャンブル好き？　使っちゃいけないお金に手を付けてからが勝負だとか思ってる？」

「それ菊池寛でしょ。そこんとこだけは見習いたくない」

菊池もうなずいた。「僕も同じ菊池だけど、杉浦さんに賛成だな」

四人は互いに笑いあった。型押しアスファルト舗装の歩道の先、地下鉄麻布十番駅に下る階段付近に着いた。そこにさっきの女性編集者たちが群れている。駅まで歩いてきて、別れぎわにまだ雑談が終わらず、立ち話に興じていた。そんな状況に見える。

宮宇編集長が声をかけた。「ああ。みなさんお集まりで」

女性編集者らは頭をさげた。ひとりが宮宇にいった。「うちの編集長の武井が、新宿で飲んでいると連絡があったので、みんなで合流しようかと話してたところなんです。一緒にいかがですか」

菊池が顔を輝かせた。「いいんですか？ 杉浦さん、那覇さん。どうする？」

優佳の笑みは消えたままだった。「わたしは方角もちがうし……。きょうは遠慮します」

李奈はうなずいてみせた。「わたしも……」

「そっか」菊池が片手をあげた。「じゃ、ふたりとも気をつけてな」

「あのう、菊池さん」李奈は呼びとめた。「あさっては打ち合わせですよね。午後二時に」

「ええと、ああ、そうそう。そうだった」

「次回作のプロット、持っていったほうがいいですか。前もってメールで送りますか」

「いや。当日持ってきてくれればいいよ。それじゃよろしく」

宮宇編集長のほうは、もう少しきちんと挨拶してくれた。「おふたりともご苦労様でした。またお礼もさせてもらうから、きょうのところはゆっくり休んでください」

李奈と優佳は頭をさげた。編集者一行は下り階段に消えていった。

優佳がため息をついた。「やれやれ。結局みんな集まるなんて、汰柱さんひとりを除け者にしたみたいで、気分悪いじゃん」

「編集者だけで盛りあがりたいのかも。小説家がいないほうが愚痴もこぼせるだろうし」

「こっちだっていいたいことは山ほどあるけどね。でも月々の給料が保証されてる人たちには響かない」

「ほんと」李奈は心から同意した。「働けど働けど……」

「そんなこといいながら石川啄木って、たかり魔だったんでしょ。金田一京助からなけなしのお金を奪ってたそうじゃん」

「事実は知らないけど生活苦に悩んで、森鷗外に原稿を買い取ってもらったとか」

「そのお金で遊郭に行ったりとか……。男ってそればっかりなんだね」

「ちがう人もいるでしょ」李奈は優佳とともに階段を下りだした。『一握の砂』の短歌には、啄木の偽らざる本心がのぞいてる気がする。だからあれは小手先の誤魔化しじゃないと思う」

たっぷり時間差を置いただけあって、編集者らと鉢合わせすることはなかった。優佳が大江戸線の改札に向かいながらいった。「わたしこっちだから。じゃ」

「またね」李奈は軽く手を振った。

　李奈はひとり南北線のホームに入り、ベンチに腰かけた。手にした文庫本『世捨て人の帰還』を開く。未読なのでストーリーは知らない。だが途中の段落が目に入った。

「ちがう！」耕四郎は噎び泣いた。「着る物や食べ物がなけりゃ貧しいのか？　そうじゃないだろ。誰からも求められず愛されもしない、それがきみの貧しさじゃないのか。贅沢と決別しようってんなら、俺も反対はしない。でもただ恵まれてるだけなのに、虚飾に満ちた生活を送って、それを恥と思わないのか」

流れはわからない。この耕四郎という人物が作者の代弁者なのか、それとも綺麗ごとを口にする異端者として描かれているのか、ここだけでは読みとれない。

しかし文面からは青臭さが漂う。なんとなく文学としての深みを感じない。表層的な言葉をつなぎあわせ、物語として成立しさえすれば、それで小説といえるのか。

　1番線に電車が滑りこんできた。李奈は腰を浮かせた。小説家はなにをもって、世間から仕事の対価を受けとれるのだろう。

4

貧乏ひとり暮らしの李奈には、よそ行きの服といえば、一張羅のドレスしかない。きょうは講談社に赴いたものの、やはり李奈の装いは、きのうの推協のパーティーと変わらない。

とはいえ、目を向けてくる人々の顔ぶれはちがうため、なんの問題も生じない。講談社の担当編集者からはそうきかされていた。

しかし広大な社屋内、ビルの上層階にある広間に入ったとたん、李奈は泡を食ってしまった。

小さな舞台が設けられていた。左右の袖と舞台裏も存在する。規模は渋谷タワーレコードのインストアライブぐらいだが、登壇するのはアーティストではない。来月、講談社で新刊を出版する本の作者が、入れ替わり立ち替わり舞台に上る。パイプ椅子にずらりと並ぶスーツ姿の人々に、自著のプレゼンをおこなう。

講談社の新刊書籍説明会。先輩作家からは地獄だときかされていた。実際こんな催しをおこなう出版社など、ほかにはないだろう。本を書いただけだというのに、ひとり舞台に上らされ、みずからセールスポイントをアピールせねばならない。たしかに小説家は個人事業主であり、業務も自己責任だろうが、晒し者になって矢面に立てとは酷すぎる。

いま壇上には女性の著者が立っている。講談社現代新書で出版するアンチエイジング健康法の本らしい。女性がうわずった声をマイクで響かせた。「それでですね、あのう、若さを保つのに大豆イソフラボンは効果的です。納豆ダイエットはいんちきだなんていわれましたけど、実際には一日にひとパック摂るとですね……」

李奈は舞台の袖に控えていた。舞台上のようすを見ているだけで緊張が伝わってくる。身体が自然に震えてきた。

講談社の担当編集者は、三十代半ばの女性、松下登喜子だった。登喜子が微笑とともにいった。「客席の最前列、右のほうに社長がいます。ほかにもマスコミ関係とか、大手書店とか、映画会社の人も来てるんですよ」

「だ」李奈は登喜子に泣きついた。「駄目ですって。わたし、こういうことができないから、小説家になったのに。あんまりです」

「落ち着いて」登喜子は驚きのまなざしを向けてきた。「本当に緊張してるの？　そんなに怖がらないで。小説について説明するだけでいいから」

「なんで説明する必要があるんですか？　あらすじを読めばわかるでしょう。集まってる人たちもどうかしてます」

「しっ。きこえちゃうでしょ。もっと小さな声で」

「これをやってなにかメリットがあるんですか」

「面白そうな本だと思わせられれば、業界の各方面が協力してくれる。媒体に新刊紹介の記事が載ったり、書店での扱いも大きくなったり」

「そういうのってお金しだいじゃないんですか？　書店のワゴン売りの権利も、月額で買えるんですよね？」

訳知りの作家は扱いにくい、登喜子は一瞬そんな表情を浮かべた。「うちとしてもプッシュする方向で固まれば、ワゴン売りにしろコーナー売りにしろ、販促用の経費が認められるでしょ。社内と社外、両方を味方につけなきゃ。そのための説明会なの」

営業部署の若い男性、芦塚（あしづか）が穏やかに話しかけてきた。「杉浦さん。あがり症の作家さんは、あなただけじゃありませんよ。だいじょうぶ。すぐに終わります」

李奈は芦塚を見つめた。「講談社さんで出版した小説家は、みんなこれを登竜門としてるんですか？」

「いや……。みんなというわけじゃないな。担当編集者が壇上で説明するだけという場合も多いし」

「なら」李奈は切実な思いで登喜子に向き直った。「代わってください」

「杉浦さん」登喜子は説得するような口調に転じた。「いい？　杉浦さんが自分で登壇したほうが効果的なの。杉浦さんは綺麗だし、テレビで顔を知っている人も多いから」

また岩崎翔吾騒動の残効か。李奈は激しく首を横に振った。「Z級ラノベ作家がノンフィクションを書くことになって、結果鳴かず飛ばずだったというだけです。そんな女がラノベの新作をだしたからって、誰も注目しません」

「この場は売れるための条件だと思って。スマホも新しい機種がでるたび、CEOがマスコミ相手にプレゼンするでしょ？」

あれ自体わけがわからない。たかがスマホの新機種を発売するだけだというのに、カジュアルファッションのCEOがひとり気どって舞台上に立つ。まるでスタンダップコメディアンのように振る舞いながら、特に面白いことをいうわけでもない。ついでに発表する新機能も、毎回たいしたことがない。

ぱらぱらと拍手が起こった。女性が真っ赤な顔をしながら舞台を下りてくる。司会者の声がきこえる。「次は講談社ラノベ文庫の新刊……。えー。『その謎解き依頼、お引き受けします　～幼なじみは探偵部長～』。著者の杉浦李奈さんにご登壇いただきます」

全身総毛立つとはこのことにちがいない。李奈はうろたえた。「どうしよう……」

「いいから」登喜子が李奈の背を押し、壇上への階段に向かわせた。「大きく息を吸って、吐いて。本が売れるも売れないも自分しだい。さあ行って」

ほとんど背を突き飛ばされるも同然に、李奈は階段を駆け上った。マイクスタンドの前に立つ。客席を埋め尽くすスーツの群れが、いっせいに注目する。

「ど、どうも」李奈はいった。「お初にお目にかかります。杉浦李奈です。えー。きょうはですね、わたしの本を紹介します。『その謎解き依頼、お引き受けします　～幼なじみは探偵部長～』です。これはですね、ペットショップを営んでいるナナミという子が、ある日イケメンのお客さんが幼なじみのカイ君だと気づき、しかもその職業が……」

聴衆が退屈しだしている。腕時計に目をやる姿がめだつ。脚を組み、ただ天井を見上げる男性もいた。

みな仕事上の義務でここに来ているのだろう。講談社という大出版社が、こういう催しをやるといえば、誰かが出席せねばならない。仕方なく人を送りこんだ企業も多いはずだ。

李奈はひととおり説明を終え、深々と頭をさげた。「というわけで『その謎解き依頼、お引き受けします ~幼なじみは探偵部長~』、是非よろしくお願いします!」

拍手が生じた。反響はさっきのアンチエイジング健康法の著者と同じぐらいだった。安堵とともに空虚さがひろがる。李奈は舞台から下り、袖に戻った。登喜子も芦塚も喜びのいろを浮かべていた。

登喜子がほっとしたようにいった。「よかった! 効果的だったと思う」

芦塚も笑いながら同意をしめした。「著者の発言だと説得力があるよ」

李奈はぎこちなさを承知で、なんとか笑みを取り繕った。黙ってうなずいてみせる。近くで社員らがひそひそと話す声が耳に入った。ひとりが不満げにきいた。「汰柱桃蔵さんは? きょうの目玉なのに」

もうひとりが小声で応じた。「それがまだ現れない。ゆうべから連絡つかないってさ」

穏やかならざる空気が漂う。李奈は登喜子に事情をたずねようとした。しかし登喜子はひと仕事終えて安心したらしく、芦塚と談笑しつづけている。

ゆうべから連絡がつかない。あのホームパーティーには、講談社の別の編集者が来ていた。なら音信不通になったのはお開きの後か。いったいなにがあったのだろう。

5

李奈はKADOKAWA富士見ビル三階、Dの小部屋で打ち合わせに臨んだ。プリントアウトしてきたプロットを菊池に見せる。

「んー」菊池は一読するや唸った。「またこういう展開か。ファンタジーなんだから、もっと早く物語が進むべきじゃないか？」

「恋愛をしっかり描いておきたいんです。うわべだけの愛情でないってことを、ここでなるべく詳細に綴って……」

「悪い。ちょっとまってくれ」菊池がペットボトルを手にとり、閉じた瞼の上に当てた。

李奈は困惑した。「だいじょうぶですか？」

「ああ、平気だ」菊池は深くため息をついた。「おとといは朝まで飲んでてね。参加した編集者はみんな疲れぎみ。宮宇さんも」

「そんなに盛りあがったんですか」

「そう。作家のいない場だと、やばいくらい意気投合することがわかった。いや、小説家の悪口ばかりいってるわけじゃないよ。杉浦さんのことは特に話してない」

べつに気にしていない。編集者ひとりにつき、四十人前後もの作家を抱えるのが常だ。クラス担任の教師どうしの会話とそう変わらない。

ドアをノックする音がした。どうぞ、と菊池が応じると、開いたドアから若い社員が顔をのぞかせた。

社員がいった。「菊池さん、ちょっときてください。杉浦さんも」

李奈は菊池と顔を見合わせた。こんな場合はふつう編集者のみ呼びだされる。なぜか李奈にとって馴染(なじ)みのない社員に呼ばれた。なんの用だろう。

ふたりとも席を立ち通路にでた。しばらく社員の後につづく。行く手のドアが半開きになっていた。社員が室内に向かって頭をさげる。李奈は初めて足を踏みいれた。

そこは小会議室の様相を呈する部屋だった。宮宇編集長のほか、五十代とおぼしきスーツが何人か列席し、しきりに話しこんでいた。議論はひと区切りついたらしく、宮宇以外は腰を浮かせた。スーツらが李奈に軽くおじぎをし、黙って退室していく。

菊池が宮宇に話しかけた。「役員が勢揃いとは穏やかじゃないですね」

「座ってくれ」宮宇は疲れの漂う顔で菊池を見上げた。次いで李奈にも目を向け、ぼそりと告げた。「杉浦さんもおかけください」

戸惑いながら着席したとき、李奈はテーブル上のハードカバー本に気づいた。装画はなく、題名と著者名が大書されている。『告白・女児失踪』、汰柱桃蔵著。出版に関わる人間の常で、小さく掲載された版元の表記も、めざとく識別できる。斑雪社。

李奈はきいた。「それ、汰柱さんの著書ですか？　見覚えがありませんが」

宮宇がうなずき、本を李奈に押しやってきた。「発売まで一週間あるからな。これは見本だよ」

「拝読していいんですか」

「ぜひ。その文体をよく見てもらいたい。本当に汰柱さんが書いたのかな？」

妙な問いかけに思える。カバーの袖には汰柱桃蔵の顔写真と履歴が載っている。本人の著書にまちがいないだろう。

本文のページを開いた。汰柱の文章表現はあまり技巧を駆使しない。読みやすさとわかりやすさを優先した書きようが特徴的だった。それでも随所に固有の癖は見てとれる。

たとえば浅田次郎は、段落の頭の人物名が前後の数行に連続しないよう、常に書きだしを変えようとする。だが汰柱はそこを気にせず、三行や四行にわたり、同じ主語から始まる短い段落がつづく。『聞く』ではなく『訊く』を多用する。『噎び泣く』『見目麗しい』『破顔』が頻繁に使われる。公文書のように接続詞が『及び』『並びに』となりがちでもある。

会話はおおらかな表現がめだち、地の文で天候や気温についての描写を、ほとんど脈絡なく挟んでくる。ひとつの節は五、六ページていどで区切る。女性の登場人物については、容姿の説明に半ページを費やすが、男性はそのかぎりではない。

どのページを開いても、著者ならではの特色に満ちている。李奈はうなずいた。「いかにも汰柱桃蔵さんの文章です。愛読者が百人いれば、百人ともそうだというでしょう」

「やはりそうなのか」宮宇編集長がため息をついた。

妙に重い空気が室内に充満する。李奈は戸惑いながらページを拾い読みした。主人公は〝私〟となっている。一流企業に勤務しながら、二度の結婚と離婚を経て、現在は五十すぎにして独身。しだいに変わった性癖に悩まされるようになった。幼い女の子が力尽きて死ぬ、そのさまを夢想すると、夜も眠れないぐらい興奮するのを自覚しだした。

やがて〝私〟は、女児が両親により虐待死させられたという新聞記事を、切りとって壁に貼るようになった。ニュースはネットで知るのだが、わざわざ新聞を買いに行き、その記事を蒐集したくなる。女児が児童相談所に保護され、救出されたという報道には興奮しない。男児や小学生以上の女子児童だった場合も、興味の対象外となる。あくまで幼い女の子の死だけに夢中になる。〝私〟はそんな自分の異常性を忌み嫌いながら、どうしても欲望を断ち切れずにいる。

そのうち〝私〟は精神科医に悩みを打ち明ける。精神科医による助言は、女児の気持ちになり、いかに辛く苦しいことかを理解すべき、そんな内容だった。ところが女児に成り代わるとの妄想は、〝私〟をさらに倒錯の世界へと至らしめた。〝私〟は本気で女児になりたいと切望しだした。むろんそんな願いは叶わない。よって欲求不満が溜まる。しだいに〝私〟は女児が許せなくなった。あの愛おしい見た目を持って生まれ、しかも苦痛に表情を歪ませ、生命力を失っていくさまで〝私〟を魅了する。その一方的に〝私〟の偏愛を誘発しつづける、女児という存在そのものが、徐々に憎悪の対象になっていった。

物語の後半では、〝私〟が地元の小学生アイドルに心酔し、ストーカーと化す経緯が描かれる。本来なら女子小学生は〝私〟の興味の対象外だが、極めて幼く見える外見のため、女児の代用となっていった。〝私〟は握手会でそのアイドルに、苦しんで死ぬふりをしてくれと頼んだうえ、首を絞めようとする。会場は大混乱となり、〝私〟はアイドルのライブに出入り禁止となる。

これ以降、いきなり別の主人公の一人称が割りこんでくる。章ごとにふたりの主人公が交互に描かれるようになる。もうひとりの主人公である〝わたし〟は、町田に生まれた女の子で、物心ついた三歳ぐらいから描写が始まる。幼児の一人称ではあるものの、描写のすべては大人の視点と変わらず、小難しい言いまわしが多用されていた。幼児の両親は離婚し、母子家庭になったが、明るい性格で保育園でも人気者だった。

異様に引きつけられる物語ではある。李奈はいつしか読みふけっていた。終盤〝私〟は悶々とし、日没後の郊外にクルマを走らせた、そのとき事件は発生した。

三月十八日という日付を、私はぼんやりと理解していた。職場から謹慎を食らい、ずっと仕事をしていないのに、なぜきょうが何月何日かわかるのか。名古屋妊婦切り裂き殺人事件の日だと、けさテレビでいっていたからだ。

陽はとっくに沈んでいる。町田街道はもう暗かった。私はトヨタクラウンのハンドルを、意味なく左右に揺らした。前後にクルマはおらず、反対車線にもヘッドライトの光は見えない。徐々に蛇行の振り幅は大きくなっていった。黄色の線が仕切られていたが、かまわず乗り越え、道幅いっぱいに車体を揺らしつづけた。

やがて赤信号に差しかかった。そこを横断する小さな身体に、私は目をとめた。

女児だ。小生意気な巻き髪、つんとすました色白の横顔。わずかにうつむきながら、横断歩道に歩を進める。私の目の前をゆっくりと横切っていく。水色のチョーカー風トレーナーに、黒のミニスカートを身につけていた。細く長い生脚が二本、交互に繰りだされる。女児はこちらを一瞥した。私のクルマのヘッドライトに、青白く照らしだされたその顔は、透き通らんばかりに輝いていた。妙に大人びた表情が、鬱陶しげに軽くひきつった。私は瞬時にその虜になった。女児が苦しみ喘ぎ、痛そうに顔を歪め、悶絶するさまを見たくなった。見ずには帰れない。すべてを失っても見たい。

私はアクセルを踏みこんだ。なんの迷いもなかった。轢いて即死にするわけにはいかない。心得たものだった。驚きに目を瞠った女児の胴体に、車体前部をこつんと当てた。軽い振動をおぼえた。たったそれだけで女児は前方に飛び、路面に転がった。なんといとおしいのだろう。万歳をするように投げだされた両腕、小さな両手の指の丸まったさまが、いかにも可愛らしかった。

李奈のなかに嫌悪がこみあげた。鳥肌が立ってくる。〝わたし〟の章に綴られた女児の短い人生、その物語には既視感がある。李奈はつぶやいた。「これって……」

宮宇編集長がうなずいた。「惣崎亜矢音さん、五歳。後半にでてくる〝わたし〟は亜矢音さんにまちがいない」

「たしか行方不明ですよね？」

「二か月ほど前、町田街道を歩いているところを目撃されたのを最後に失踪。そこに書いてあるとおり、三月十八日の日没後のできごとだ」

寒気にとらわれる。室内の温度が下がったかのようだ。李奈は言葉を失っていた。

惣崎亜矢音という女児の失踪に、ひところ世間は騒然となった。公開捜査が始まり、情報提供を広く呼びかけたものの、いまだ発見されていない。

母子家庭に育った亜矢音は当日、母親の気づかないうちに、ひとりで外出したらしい。失踪したとされる現場は、自宅から二百メートルと離れていなかった。連れ去りが起きたとみられるが、有力な目撃情報は寄せられていない。悪いことに付近の交差点の防犯カメラが、どれも新調するため工事中で、映像の記録も未発見のままだった。

菊池がこわばった表情でつぶやいた。「信じられない。汰柱さんはたった二か月前の女児失踪事件をテーマに、新作の小説を書き下ろしたんですか。問題作狙いといっても、あまりにも……」

亜矢音を轢いてしまったクルマのドライバーが、そのまま連れ去ったとする説がある。あるいはわざと亜矢音にクルマを当て、失神したところを誘拐した、そんな可能性も取り沙汰(ざた)された。この小説は後者の説に基づいた創作と考えられる。

鉄は熱いうちに打てといわんばかりに、起きたばかりの事件を小説にする風潮は、一部にたしかにある。不謹慎だとの批判を含め、問題作に位置づけられることで、早急にベストセラーにのしあがろうとする試みだった。

最近では新刊の寿命も短い。三か月をまたず書店は売れ残りを取次に返本する。たちまち中古本が安く叩(たた)き売りされる。なら鮮度のあるネタをすばやく売りさばき、まとまった金を手にすればいい、そんな考え方が業界内に蔓延(はびこ)っている。

汰柱桃蔵ほどの人気作家が、そこまで下衆(げす)な話題づくりに走るだろうか。いや汰柱だからこそ書きうる小説だといえる。彼は過去にも、発生したばかりの皇室スキャンダルを題材に、露骨にそれとわかる小説を発表した。ＳＮＳは炎上し、書評界も紛糾したものの、本はミリオンセラーとなった。ビジネスとしては大成功だった。今回の作品も同じ狙いか。

宮宇編集長が頭を掻きむしった。「不謹慎ってことだけが問題じゃないんだ」

李奈の目は文面から離れなかった。自然に物語の先を読み進めていた。〝私〟は女児をクルマの助手席に乗せた。まだ息があったため、手で口を押さえた。女児は〝私〟の期待通りにもがき、苦しみ、喘いだ。やがて呼吸が消え失せ、ぐったりとして動かなくなった。〝私〟はクルマを一本裏の道に乗りいれ、道端の草むらに女児を捨てた。

「いいか」宮宇編集長が身を乗りだした。「これを読んだ警察が捜査を始めている。捜査陣と犯人しか知りえないはずの情報が、この物語には数多く含まれているそうだ」

驚かざるをえない。李奈はきいた。「これは実話ですか?」

「そう思える箇所が数限りなくあるらしい。具体的にはトヨタクラウンという車種、横断歩道に差しかかる前の蛇行運転、亜矢音さんが横断歩道上に倒れたという事実などだ」

菊池が眉をひそめた。「偶然の一致じゃないんですか?」

「いや」宮宇編集長が語気を強めた。「『告白・女児失踪』だぞ。〝わたし〟という女児の一人称で綴られた節も、まぎれもなく惣崎亜矢音さんの三歳から五歳までを描いている。やはり親や保育園の関係者しか知らない情報ばかりだ」

「でも」李奈は宮宇を見つめた。「〝私〟のほうは、汰柱さんってわけでもないですよね？　年齢は近くても、二度の結婚と離婚なんて経験していないでしょう。ずっと独身だと汰柱さんのエッセイ本に書いてありました。小学生アイドルの握手会に出禁なんて、本当ならとっくに週刊誌が話題にしてるかと」

「たしかに〝私〟と棚橋修造(たなはししゅうぞう)氏の人生は、似ても似つかない」

「棚橋修造氏？」

「汰柱桃蔵さんの本名だよ。きょう警察がうちに来て、行方を知らないかとたずねたそうだ。汰柱さんは一昨日(おととい)の夜から姿を消していると」

さらなる衝撃が李奈を襲った。「汰柱さんも失踪したんですか」

菊池が目を剝(む)いた。「一昨日ってことは、あのホームパーティーの後ですか」

宮宇編集長が硬い顔で応じた。「どうもそうらしいんだ。仕事場から家に帰った形跡はあるものの、夜のうちにまたクルマででかけたとか。飲酒運転になるはずなんだが」

李奈は本を閉じた。「この見本本はどこから……？」

「装丁担当のデザイナーが献本を受け、うちに持ちこんでくれた。斑雪社もずっと内容を伏せていたらしい。刊行予定に題名は載っていたが、汰柱桃蔵の著作ということで、取次も単なる文芸書ととらえていた。ところが製本中、内容を問題視した印刷所の経営者が、弁護士に相談。発売の一週間前に警察が動きだす騒ぎになった」

「でもこれ……」李奈は思ったままを口にした。「いつもの汰柱節というか、ミステリ小説のような文体と構成です。先が気になってどんどん読めるような、興味を煽る筆致です。自分の秘めごとを告白しているようには、とうてい思えませんが」

「それでも警察は汰柱さんを、事件の詳細を知る重要参考人に指定したそうだ。まだ亜矢音さんは発見されていないが、未報道のあらゆる状況が、この本の内容と一致するからだと」

菊池が当惑をしめした。「汰柱さんが二か月前に、そんな深刻な事件を起こしていたなんて、とても思えません。誰かからネタを売りこまれたとか？」

宮宇編集長は首を横に振った。「新潮社で汰柱さんを担当した編集者に話をきいた。汰柱さんは典型的なベストセラー小説家だそうだ。内容を打ち合わせることなく、事前にプロットも提出せず、いきなり書き始める。完成した原稿を一方的に送ってくる」

李奈はきいた。「原稿を読んでから出版を検討するんですか？」

「まさか」菊池が顔をしかめた。「あのクラスになると、脱稿日が事前に伝えられるだけで、もう印刷所への入稿準備が始まるんだよ」

「そうとも」宮宇編集長の眉間に皺が寄った。「作家としてのプライドが高いから独創性にこだわる。他人からアイディアの提供なんか受けたがらない。印税を自分以外に分けあたえるのをなにより嫌う」

「でも」李奈の戸惑いはさらに深まった。「話題になっている事件の真犯人から告白があれば、汰柱さんもそれを元に小説を書こうとするのでは？　独占取材のようなものだし、売り上げも期待できるし、作家としても名をあげられるでしょう」

宮宇は賛同しなかった。「警察はすでに汰柱さんの交友関係を調べている。この二か月間、それらしい人間との接点などなかったそうだ。小説に書かれたような人物も見あたらない。小学館で汰柱さんを担当する編集者もいってる。真犯人が汰柱さんにアプローチしてきたら、さすがに相談があるはずだと。問題作を手がける作家ほど、じつは臆病者だからな」

「他人の告白を小説化したのでないとすれば……。やはり汰柱さんの実体験に基づいた話なんでしょうか？　〝私〟について、あえて汰柱さんとは別人のように描写することで、告白の生々しさを薄めたとか」

「ありうるな。しかし〝私〟が衝動的に亜矢音さんを轢(ひ)いたわりには、それまでの亜矢音さんの私生活に詳しすぎる」

「衝動的というのも事実に反していて、じつは以前から連れ去りを計画していたのかも……」

「ああ。〝私〟の人生は、あきらかに汰柱さんとちがっている。だが内面はわからん。女児への異常な欲求こそが、この題名にある〝告白〟なのかも……」宮宇編集長はふと我にかえったように、管理職としての保身を気にしだした。「いや。私はやっぱり、なにも思いつかない。なにも喋(しゃべ)ってはいないぞ。きみらもきかなかったことにしてくれ」

　菊池が李奈に目を向けた。「小説家としてどう思う？　体験をこんなふうに書くことはありうるのかな」

「これが告白だなんて……。もし他人からきいた話だったとしても、ここまで面白い小説に仕立てるなんて、ふつうなら良心が咎(とが)めます。あまりにリーダビリティがありすぎるんです。どこをとっても汰柱桃蔵のミステリ小説ですよ」

　文体は一人称だが、私小説にはほど遠い。謎めかした前振りで興味を引き、終盤に向かうにつれ、伏線を次々に回収する。さすがベストセラー作家と唸(うな)らせる小説作法に満ちている。

李奈はささやいた。「汰柱さんの自由な創作と、まったく同じ事件が現実に起きた可能性は……？」

「いや」宮宇編集長が渋い顔になった。「この小説は連載でもないし、書きあがるまで誰の目にも触れなかったと思われる。斑雪社の編集者が原稿を読んだのも、わずか一か月前だったそうだ」

菊池がため息まじりにいった。「亜矢音さんの失踪は二か月前だ。汰柱さんほどの作家なら、一か月もあれば長編一本は書ける。事件を起こしてすぐに原稿にとりかかったとすれば……」

宮宇が椅子の背に身をあずけた。「期間的にはぴったりだ」

「でもなあ。あのホームパーティーのあとに失踪だなんて。理解不能じゃないですか？」

「まったくだ。思い詰めている人間が、赤坂のバーやらカラオケやらを検討するか？」

「躁状態がひとり家に帰ったとたん、鬱状態に転じたんですかね……？」

李奈は頭に浮かんだことを言葉にした。「わたしたち、汰柱さんに最後に会った人々ってことですよね？」

すると宮宇が苦い表情でうなずいた。「役員にもそこをきかれた。警察は汰柱さんの行方を追っているから、失踪した当夜に会った人間に、片っ端から事情をたずねるそうだ。杉浦さん。きみのもとにも連絡が入るだろう」

また警察沙汰か。李奈は腰を浮かせた。「阿佐谷のアパートに戻って、連絡をまちます」

菊池がなにか思いついたように立ちあがった。「杉浦さん……」

「お断りします」

「まだなにもいってない」

用件はきくまでもなかった。李奈は菊池を見つめた。「汰柱さんと最後に会ったときのようすを、手記に書かないかというんですよね？　それだけでは一冊の本にならないから、優佳とか、推協のパーティーにいた曽埜田さんとか、大御所の作家さんたちにも声をかけて」

「……よくわかったな」

「分量が揃いしだい、『汰柱桃蔵・失踪当夜』とでも題したノンフィクション本として出版するとか？」

「いい題名だ。『失踪直前』としようかと思ったが、たしかに『失踪当夜』のほうがインパクトがある」

「失礼します」

「まった！」菊池が行く手にまわりこんだ。「このままじゃ幻冬舎か太田出版あたりが同じ企画を立てる。きみにもたぶん声がかかるぞ」

「わたしはどこでも書きません」

「頼むよ。うちには報道系の週刊誌がないから、ノンフィクション本の出版以外に手がない」

「さっきのプロットは？」

「あれも前向きに検討するからさ。なんなら前に没にした異世界転生ものの再検討も……」

李奈はテーブルを眺めた。『告白・女児失踪』が目にとまる。李奈は宮宇編集長にきいた。「その本、お借りできないでしょうか」

菊池が間髪をいれず割って入った。「貸す代わりに、いまの提案をきいてもらわなきゃ」

だが宮宇は部下の商魂に、半ばあきれた態度をしめしていた。すでにハードカバーを差しだしている。李奈はそれを受けとり一礼した。ただちに部屋の外に駆けだす。

通路を足ばやに歩きながら李奈は思った。この本はいったいなんだろう。小説の面白さと引き替えに、登場人物を弄びすぎている。現実に起きたことと知っていて、作家はここまで非情になれるものなのか。

6

阿佐ヶ谷駅の北口から徒歩十七分、そこが李奈の住まいだった。

駅前の西友は、井伏鱒二や太宰治が通っていた中華料理店、ピノチオの跡地だといわれる。ただし李奈が帰る途中に寄ろうにも、中杉通りを渡らねばならないため、めったに足を運べない。

住宅街の入り組んだ路地の果て、木造アパート一階の1DKで、李奈は優佳に電話した。優佳はまだ『告白・女児失踪』を目にしていないようだ。李奈は内容をかいつまんで伝えた。

優佳の声がきいてきた。「なら味付けはミステリ小説そのものなの?」

李奈は仕事場兼寝室でデスクについていた。『告白・女児失踪』は手もとにある。

スマホを耳にあてながら、李奈は優佳に話した。「とにかくすべての文章が汰柱節。著者の個性が本の隅々まで浸透してる」

「じゃ著者名を隠して、不特定多数に読ませたとしても……」

「過去にいちどでも汰柱桃蔵を読んでいれば、絶対に気づくと思う」

「そんなに？　ならエンタメ路線なの？」

「まちがいなく王道のエンタメ調。だからよけいに不気味。書いてあることは生々しい事件の記録だから」

「でもさ」優佳の声が怪訝の響きを帯びだした。「現実とちがうところはあるんだよね？」

「〝私〟と汰柱さんの人生にはちがいがある。だけど汰柱さんの内面がこんなふうだったとしても、外見からは判断がつかないだろうし」

「幼女への虐待か殺戮趣味……？　いままでの汰柱さんの作品に、そんな傾向あった？」

「全然」李奈はいった。「女好きなのはどの作品からもうかがえるけど、女児に興味をしめすような描写は見たことがない」

「ガチの趣味だったから隠蔽してたのかも。江戸川乱歩も同性愛趣味は『孤島の鬼』

にしか表れてないよね？」

「いえ。乱歩は『同性愛文学史』ってエッセイを書いてる。『屋根裏の散歩者』『モノグラム』『一寸法師』『猟奇の果』にも、同性愛っぽい描写がある。やっぱ趣味は作品に滲(にじ)みでるものじゃない？」

「そうかも」優佳の声が苦笑した。「わたしにとってもBLは避けて通れない道だし。李奈は？　趣味が作品に反映されてる自覚ある？」

「さあ。わたしは小説そのものが好きだから……」

「趣味って急に目覚めることもあるんじゃない？　『告白・女児失踪』の〝私〟は、だいぶ前からそういう趣味だったと書いてあるんでしょ？　そこは虚構で、汰柱さん自身は最近になって、変わった趣味に目覚めたとか」

それでも生来の性癖なら、作者が無自覚であったとしても、自然に作中に反映されはしないだろうか。乱歩も『同性愛文学史』で、自分が同性愛に目覚めたのは、一九二七年から二九年あたりと記している。だが『屋根裏の散歩者』は一九二五年、『モノグラム』は一九二六年の作になる。同性愛趣味を自覚して以降の『孤島の鬼』には、明確な描写があるが、それ以前にもやはり性癖は顔をのぞかせている。汰柱がそうならないとどうしていえるだろう。

優佳の声が軽い口調に転じた。「汰柱さんはわたしより童顔の李奈が好みだったでしょ。あれも趣味の表れじゃない?」

「な……なにそれ。汰柱さんがそんなこといってた?」

「いってないけど、態度を見ればわかるじゃん。わたしみたいに大人っぽい女は、汰柱さんに嵌まらなかったんだって。あー、汰柱さんの幼女趣味。李奈を見る目つきを思い起こせば、なるほどとも思えてくる」

「やめてよ」李奈は笑った。「優佳ってそんなに大人っぽかったっけ?」

そのとき三つ年上の兄、航輝が近づいてきた。「李奈。ちょっと来てくれ」

李奈はどきっとした。部屋は二間あり、名ばかりのダイニングキッチンと隣接する。さっき訪ねてきた兄は、そちらで夕食作りに追われていた。

「まってて」李奈はスマホにそういった。保留ボタンを押し、デスクを離れる。ダイニングキッチンに向かいながら、李奈は航輝にきいた。「なに?」

航輝は真顔でテレビを指さした。「観ろよ。いま話してることじゃないのか?」

夕方のニュースだった。どこか屋外からの生中継らしい。すでに日没後の暗がりがひろがる。寂れた住宅地の一角のようだ。生活道路沿いの空き地に雑草が生い茂る。畑もいたるところにあるが、民家はまばらだった。地方に思えるものの、テロップには東京都町田市とあった。ふだんは人通りも少ないのだろうが、いまは青い制服の鑑識課員らが、ブルーシートに囲まれた雑草地に、忙しなく出入りしていた。

現地の記者が告げた。「こちら発見現場です。惣崎亜矢音さんが連れ去られたとされる、町田市辻交差点から三百メートルと離れていません。町田署によりますと、ここは私有地とのことで、自治会のボランティアから確認済みとの報告を受け、見落としてしまった可能性があると……」

発見現場。町田、辻交差点。李奈は固唾を呑んだ。まさか見つかったのは……。

画面がスタジオに切り替わった。キャスターが深刻な面持ちでいった。「お伝えしていますように、行方不明になっていた惣崎亜矢音さんとみられる遺体が、失踪したとされる地域付近の空き地で発見されました。現在行方不明の作家、汰柱桃蔵さんの著書『告白・女児失踪』の記述に従い、町田署員が捜索したところ、今回の発見につながったとのことです」

航輝が緊張のまなざしを向けてきた。「おい、李奈……。またとんでもないことになってないか？」

李奈は茫然とたたずんだ。スマホを手にしていることを思いだす。あわてながら通話ボタンを押し、優佳に話しかけた。「もしもし。ねえ、そこにテレビある？」

優佳の声も震えていた。「ある……。いまニュース観てる」

不安が伝染してきた。李奈もおろおろといった。「どうしよう。たしかに汰柱さんの本には、町田街道から一本裏に入った路地で、遺体を草むらに捨てたって書いてある」

「ねえ、李奈。『世捨て人の帰還』だっけ、李奈がもらった文庫本」

「ええ。それがなに？」

「すぐ燃やしたほうがいいよ。あんなもん幸運の一冊じゃないって。呪いの一冊だよ」

「怖いこといわないでよ。優佳。もう警察の人は来た？」

「いいえ。来るの？」

「編集長さんの話では、汰柱さんと最後に会った人たちに、警察が事情をききに来るって……」

ふいにドアをあわただしく叩く音がした。李奈の心臓は喉元まで跳ねあがった。

航輝もびくつく反応をしめしたが、すぐに怒りのいろを漂わせ、インターホンに向かった。ボタンを押したが反応がない。航輝は不満げに玄関のドアに近づいた。「インターホン、壊れてんのか？　ってか電池式かよ。電池が切れたのか」

チェーンをかけた状態で解錠し、わずかにドアを開ける。航輝が応じた。「はい。あ……」

知り合いを目にした、航輝はそんな反応をしめした。外から男の声がささやく。「暗くなってから申しわけありません。杉浦李奈さんはおいでですか」

「います。ちょっとおまちください」航輝がいったんドアを閉め、チェーンを外した。ドアが開け放たれる。前にもここを訪ねてきた角刈りのスーツがふたり、夜の暗がりに立っていた。警視庁捜査一課の刑事、佐々木班長と、上司の山崎係長だった。ふたりは険しい表情のまま揃って頭をさげた。

佐々木が靴脱ぎ場に入ってきた。「どうも。杉浦さんを訪ねるにあたり、面識のあるわれわれに声がかかりましてね」

李奈はおじぎをした。捜査一課の刑事が出向いてきた。ドアの外には、ほかにも刑事たちがいる。所轄の人間かもしれない。かなりのおおごとになっているとわかる。

山崎がきいた。「玄関先ではなんですので、なかに立ちいらせていただいても……？」

「どうぞ」李奈は刑事たちに入室を許可した。テレビのリモコンを操作し、音声を消したうえで、スマホにもささやきかける。「優佳。警察の人が来た」

「わかった。こっちもいずれ声がかかるだろうし、ちゃんと対応しとく」

「じゃ、またね」李奈は通話を切った。

ふたりの刑事が、お邪魔しますと告げ、室内にあがってきた。ほかの刑事らは外で待機するつもりらしい。

テーブルに用意した夕食を、航輝がいったんキッチンに下げる。佐々木が航輝に会釈した。恐縮です、そんなつぶやきを漏らす。

山崎はテーブルにつくと、携えてきた文庫本を置いた。なぜか松本清張の『疑惑』、文春文庫だった。不可解に思いながら、李奈も椅子に腰かけた。四人でテーブルを囲んだ。

音を消したテレビが点けっぱなしになっている。佐々木はニュース画面を一瞥した。

「杉浦さんが関わった大御所作家は、いつも行方不明になるようですが」

警察嫌いの航輝が嚙みついた。「どういう意味ですか、それは」

「お兄ちゃん」李奈は航輝をなだめ、ふたりの刑事に向き直った。「一昨日のことですよね？」

「ええ」佐々木がうなずいた。「もちろんそうです」

李奈は応じた。「日本推理作家協会のパーティーが、飯田橋のホテルメトロポリタンエドモントで催されました。その後、出版社の人たちと一緒に、汰柱桃蔵さんの仕事場に向かいました」

「移動したのは何時ごろですか」

「七時ごろホテルをでて、汰柱さんの仕事場に着いたのは八時過ぎでした。ホームパーティーみたいな感じでしたが、十時ごろお開きになりました」

「それから？」

「麻布十番駅まで歩きました。出版社の人たちは朝まで飲んでたようですが、わたしはひとりで帰りました。方角もちがうので」

「誰とも一緒じゃなかったんですね？」

航輝が不快そうに身を乗りだした。「なんですかその言い方は」

李奈は片手をあげ、兄の苦言を制した。「四ツ谷駅で中央線に乗り換え、阿佐ケ谷駅に帰ってきました。むかしオウム真理教の道場があったせいで、このへんの住宅街は街頭防犯カメラだらけです。わたしの移動はぜんぶ確認できると思います」

佐々木の表情は変わらなかった。「よくそこまで気がつきますね」

「いちおう推理小説も書いてますし、前にあんなことがあったので」

ふたりの刑事が顔を見合わせた。納得したような気配を漂わせる。佐々木が李奈に目を戻し、穏やかな口調に転じた。「不愉快な思いをさせたのであれば謝ります。みなさんに同じ質問をする必要があったので、どうかご理解ください」

　山崎も同調した。「杉浦さんを疑っているわけではありません。各出版社の編集部の方々も、始発まで宴会状態だったことは確認済みです」

　李奈は醒めた気分できいた。「誰も汰柱さんの失踪に関わっていないと、警察も納得しているんですね？」

「そこに疑いの余地はありません。じつは汰柱さんの自宅に、不審者が侵入した形跡がありましてね。隣人が物音をきいており、侵入は午後六時ごろと推測されます。まだみなさん飯田橋におられたでしょう。不審者はそれ以降、ずっと邸内で息を潜めていたようです」

「不審者……。汰柱さんの帰りをまっていたんでしょうか？」

「おそらくそうです。何者かが勝手口の鍵を壊し、土足であがりこみました。寝室のクローゼットに隠れたようです。午後十時半ごろ、汰柱さんが帰宅し寝室に入ったとき、この人物がクローゼットから躍りでました」

　佐々木が補足した。「クローゼットの扉に傷、床には踏み荒らした靴痕も見受けられ、そのように推測できます」

山崎がつづけた。「汰柱さんが自宅のガレージからベンツSクラスででかけたのは、午後十一時前後です。ガレージの床には汰柱さんのほか、侵入者のものとおぼしき靴痕もありました。クルマに同乗したとも考えられます」

ベンツSクラス。『告白・女児失踪』に、女児を轢いたのはトヨタクラウンと書かれていた。まだわからないことがたくさんある。李奈はふたりの刑事にたずねた。

「汰柱さんのお宅に防犯カメラは……?」

「いえ」山崎が憂鬱な顔になった。「家賃が極めて高い借家にお住まいでしたが、オーナーは特に防犯設備を導入していなくて」

「でも都心を走ったクルマの行方は、街頭防犯カメラで追えますよね?」

「ええ。Nシステムもありますからね。首都高に乗り、湾岸線の千葉方面に向かい、新木場の出口で下りたと判明しています。ただし同乗者の姿は未確認です。防犯カメラにも、車内のようすまでは映っていません」

「その後の足どりは……?」

沈黙が生じた。佐々木はまたテレビをちらと見たのち、李奈に告げてきた。「じきにニュース速報が流れるでしょう。一時間ほど前、海中からベンツSクラスが引き揚げられたんです。埠頭から海に飛びこんだようです。汰柱桃蔵さんこと棚橋修造さんは、運転席から遺体で見つかりました」

あっさりと告げられた言葉が脳内に響く。李奈は驚愕に言葉を失った。三半規管が安定を失いつつあるのか、部屋全体が傾斜していくように感じられる。

李奈はささやきを漏らした。「まさか……」

航輝が疑わしげな目を刑事らに向けた。「公道はともかく、埠頭から海に飛びこんだなんて、よく判明しましたね。しかもこんなに早く」

刑事たちは顔いろを変えなかった。山崎が応じた。「直前に本人から一一〇番通報があったんです。埠頭からスマホでかけてきました。県警本部の通信指令課が、即座に位置を把握しました」

「通報ですって？　助けを求める電話だったとか？」

佐々木が内ポケットから小さな機器をとりだした。ICレコーダーがテーブルに置かれた。佐々木は再生ボタンを押した。

一一〇番受理台とおぼしき声が応答する。「事件ですか事故ですか」

文章を朗読するような汰柱桃蔵の声がぶつぶつといった。「自殺を決意しても、いざ決行となると、人間の弱さからひるむものです。今年の春だったか新聞に、能登海岸の断崖から海へ飛びこもうとしたがそれができず、岩場の上にぼんやりと座りこんでいた人が助けられたという記事を読みました。自殺決意者のあの心理ですよ」

「もしもし」

汰柱の声がつづいた。「岸壁に向かって突進するとき、福太郎は本能的にブレーキを踏むことを恐れたのです。失敗すれば、助手席の球磨子に意図を気づかれて、あとでどんな目に遭わされるかわからない。絶対に失敗は許されないのです」

「どうしましたか？　もしもし？」

しばし沈黙があった。ふいに通話の切れる音がした。その後はビジー音だけがせわしなく反復した。

佐々木がICレコーダーのボタンを押した。再生は中止され、室内に静けさが戻った。

山崎は李奈をじっと見つめた。「どう思われますか」

「その本の一節です」李奈は山崎の手もとを眺めた。「松本清張『疑惑』に書かれた台詞です。鬼塚球磨子の国選弁護人、佐原卓吉の発言。たぶん一字一句そのままです」

「ええ。おっしゃるとおりです」山崎が文庫を開いた。「この文春文庫版では一一三ページ」

「警察のかたが小説の引用に、すぐお気づきになるとは……」

「車内にこの文庫本が残されていたんです。いえ、これは同じ版の別物を、書店で買ったんですけどね。遺留品のほうはずぶ濡れだったので」

「クルマの発見は、ほんの一時間ほど前なんでしょう？　まだニュース速報にもでていませんが」

「そうです。でも課長が『疑惑』という書名をきいたとたん、ぴんときたようです。以前に読んだことがあったらしくて」

「まさか小説の内容よろしく、女性も同乗していたとか？」

「いえ。見つかったのは汰柱さんの遺体だけです」

「車内に片足だけ脱いだ靴やスパナがあったとか？」

航輝が李奈にたずねた。「なんの話だ？　靴やスパナって？」

李奈は兄を見かえした。「『疑惑』を読めばわかる」

「オチだけ明かしてくれればいいだろ」

「わたし、いちおう推理作家の端くれだし……。小説のオチだけ話すなんてできない」

「兄妹の仲じゃないか」

佐々木が咳ばらいした。「杉浦さん。車内に文庫本があったからには、汰柱さんは一一〇番したうえで、小説を読みあげたのだと考えられます」

「はい」李奈はうなずいた。「この箇所を読んだ以上、自殺の意志を伝えたがっていたのかも……」

航輝は腑に落ちないという顔になった。「なんで小説なんか読む必要がある？　自分の口からはとても打ち明けられなくて、小説の文面に頼ったとか……」

山崎が同意をしめした。「おおいにありうる話です。通報内容を前もって下書きする自殺志願者もいますが、それすら手が震えてうまくいかないこともある。ふと自殺について言及した小説の一節が頭に浮かぶ。意味不明な部分があっても、混乱状態が伝わるだろうし、位置情報を割りだしてくれれば早期発見につながると考えた」

佐々木が神妙にいった。「靴やスパナが見つかったわけではないんです。汰柱さんのベンツSクラスは、先月納車されたばかりの新車で、ブレーキペダルが動かない状態では発進できない仕組みです。自殺したにしても『疑惑』とはやり方が異なるようです」

「先月納車？」李奈はきいた。「その前のクルマはなんですか」

「トヨタのクラウンだったそうです」

「……クラウンの車体前部が壊れていたか、修理した痕跡はあったんでしょうか」

「まだ確認できていません」

李奈のなかにはずっと猜疑心が生じていた。「すなおに考えれば自殺でしょうけど、気になる存在が……」

「そうです。汰柱さんの家に侵入した何者かが、姿を消したままです」

自殺が偽装であるなら、犯人は現地で一一〇番通報のうえ、汰柱に『疑惑』を読みあげさせたのだろうか。しかしそれなら、汰柱がひとりで乗るクルマが、どうやって海に飛びこんだのか。李奈は刑事たちに問いかけた。「汰柱さんは運転席に乗っていたんですか？」

佐々木が首を横に振った。「そうきいています。ただ私たちも、現場を確認したわけじゃないのでね。杉浦さん。当日の汰柱さんに変わったようすは？」

思い詰めたようすなど、まったく見受けられなかった。李奈は印象のままを口にした。「豪快な笑い声しか耳に残っていません……」

ふたりの刑事はそれぞれにため息をついた。山崎が浮かない顔でいった。「編集者さんたちも同じことをおっしゃいました。推理作家協会の懇親会に出席した方々も、汰柱さんほど自信に満ちあふれた人は、最近めずらしいぐらいだったと」

誇張ではない。二か月前に幼女を轢き殺し、死体を草むらに遺棄し、一部始終を小説にした人間とは思えない。いまになって良心の呵責に耐えかね自殺、そんな予兆も感じさせなかった。家に侵入した者がいるというが、汰柱が誰かに怯えていたようすもない。

これ以上会話をつづけても、得るものはないと判断したらしい。山崎が腰を浮かせた。「どうもお邪魔しました」

佐々木も立ちあがった。「ご協力いただき感謝申しあげます」

「あのう」李奈は刑事たちを見上げた。「捜査に進展があったら教えてもらえますか」

「さあ」佐々木は苦笑ぎみに応じた。「それは……。警察は随時、記者発表をおこなうと思います。ほかにはなにも明かせません」

航輝が不服そうにきいた。「取材でもですか」

ふたりの刑事が硬い顔になった。山崎が李奈に問いかけてきた。「取材中なんですか」

「いえ……」李奈は口ごもった。

沈黙ののち、刑事たちは頭をさげた。玄関へと向かい、靴を履くと、厳かに退室していった。失礼します、そう告げる声だけが耳に届いた。

李奈はテーブルを離れた。音の消えたテレビの前に立った。惣崎亜矢音に関する報道が継続中だった。一軒家の玄関先らしき暗がりで、ひとりの女性が無数のマイクを突きつけられている。年齢は三十前後か。目を真っ赤に泣き腫(は)らし、長い髪も乱れがちになっていた。テロップが表示された。〝亜矢音さんの母親　惣崎祥子(しょうこ)さん（31）〟

李奈はあわててリモコンを手にした。消してあった音量を元に戻す。

幼き被害者の母、惣崎祥子が大粒の涙を滴らせ、震える声を絞りだした。「亜矢音はもう帰ってこないんです。それだけが事実です。なにがあったかはわかりません。汰柱という人とも面識がありません」

頻繁に紹介されてきた亜矢音の顔写真に、母親はよく似ている。特につぶらな瞳(ひとみ)はうりふたつだった。まだ若々しいが、控えめで分別のある態度をしめし、常に冷静に努めようとしている。

報道陣のひとりが質問した。「汰柱桃蔵さんの著書に書かれたとおりの場所から、亜矢音さんが見つかったとのことですが」

「小説に書いてあったんですか。お金儲(かねもう)けのためにやったことなんでしょうか？　なんにせよ絶対に許せません」

胸を抉るようなひとことに思えた。自分のことではない、そうわかっているはずなのに、人生を根底から否定された気分におちいる。

むろんこの母親の気持ちはわかる。まして娘の遺体が発見された直後だ。無節操な取材攻勢にも忍耐強く応じている。故意に轢いたとする告白が小説になり、出版目前という現状を受けいれられるはずがない。

だからこそ彼女の苦しみを軽減してあげたかった。このままではおそらく、出版物のすべてに不信感を抱いたままになる。日々の新聞や週刊誌の記事にも、ひたすら怯えながら生きるしかない。しかし多くの本には良心がある。活字が真実を伝える場合も少なくない。

『告白・女児失踪』は本当に汰柱桃蔵による告白なのか。すべてが真実でないにせよ、一部には偽らざる感情、もしくは体験が綴られているのだろうか。

チャイムが鳴り、ニュース速報のテロップがでた。〝汰柱桃蔵さん（56）とみられる遺体発見　新木場の海中から自家用車とともに見つかる〟とあった。

報道番組のはずなのに、ニュース速報が重なるあたり、混乱した状況がうかがえる。インタビューの映像は中断され、画面が夜の埠頭に切り替わった。白色灯が明るく照らしだす一帯に、やはり青いユニフォームが群れている。海から引き揚げられたとおぼしき、無残に変形した車体が、コンクリートの上に横たわる。遺体はとっくに搬送されたらしい。いまはひたすら車内の捜索がつづいていた。

キャスターの声が告げた。「新しい情報が入りました。新木場の埠頭からお伝えします」

記者が興奮ぎみにフレームインした。「こちら現場です。きょう夕方、海中を捜索していた警視庁のダイバーが、沈んでいたクルマを発見、クレーンで引き揚げ作業がおこなわれました。運転席には汰柱桃蔵さんの遺体があったとのことです。二日前の深夜、この埠頭から汰柱さんの声で一一〇番通報があり……」

通報内容は松本清張『疑惑』の一節だった。いま報じられなくとも、明朝にはワイドショーがこぞってこの話題をとりあげる。汰柱桃蔵の人となりを通じ、出版業界のモラルの欠如が強調される、そんな気がしてならない。テレビ局はみずからの不祥事を報じない代わりに、異業種は容赦なく攻撃する。文芸界の非常識さを槍玉にあげたがるだろう。

航輝が深刻そうにささやいた。「李奈。今度ばかりは首を突っこまないほうがいいんじゃないのか。三重にいるお父さんもお母さんも心配してるよ。書く仕事なら家でもできるだろうって……」

耳にタコができる。李奈はリモコンのボタンを押した。テレビの画面が消える。黙って仕事場兼寝室へと向かった。

『告白・女児失踪』が目に入った。この事件に関わる、しかも本を通じてとなれば、好ましい行為とはいいがたい。それでも文筆業に携わる身だった。ほかに方法はない。

7

明朝の報道は李奈の予想どおりだった。ワイドショーは未見だったが、スマホでニュースアプリを開けば、汰柱桃蔵の話題で持ちきりだとわかる。

ネット書店のランキングで、松本清張の『疑惑』が急上昇していた。汰柱桃蔵著『告白・女児失踪』の予約も始まっている。こちらもあらゆるランキングの一位になっていた。出版に難色をしめす声は絶えないものの、斑雪社は予定どおり発売すると公言している。

李奈は午前中からKADOKAWA富士見ビルに赴いた。打ち合わせ用の小部屋は埋まっているときかされた。けれども受付の奥に入ってすぐのロビーで、李奈は担当編集者の菊池を捕まえた。

話をきくや、菊池は驚きの表情を浮かべた。「なに？　汰柱桃蔵について書いてくれるのか」

「『失踪当夜』じゃありません」李奈はいった。「一冊まるごとノンフィクションの本をださせてください。汰柱桃蔵に関する事件の真相を綴った本です」

「きみからいいだすとはびっくりだな」

「一般人が関係者を嗅ぎまわったら、都の迷惑防止条例に引っかかります。でも公的な取材なら除外されるって、探偵業法の条項にもあります」

「真実を追求したいがために、ノンフィクション本の取材ってかたちをとるのか？　名目だけの協力はできない。やるからにはちゃんと原稿を書き、出版まで確約してもらわないと」

「やります。やり遂げます。だから正式に仕事として依頼してください」

「業界の慣例は知ってるだろ。刊行決定は通常、原稿を印刷所に入稿して、ゲラができあがったときだぞ。しかも出版契約書を交わすのは、本が刷りあがってからになる」

「事後承認が業界の慣例だからこそ、事前の口約束で契約成立とみなされます」

「誰がいった？」

「推理作家協会に電話してききました」

菊池が唸りながら頭を掻いた。「やるな。圧力団体にうったえるとは」

「圧力団体なんですか？　推協が」

「先に断っとくが、ラノベの新作出版を条件にはできないぞ」

「かまいません。いまはこの取材と執筆をなにより優先させます」

「どういう心境の変化だ？　新田次郎や吉村昭をめざすつもりか？」

そんなだいそれた話ではない。ほとんど衝動的な動機だった。テレビで惣崎亜矢音の母親が、汰柱という著者への反感を口にした。マスコミは商業出版への批判などと騒いでいる。額面どおり受けとることにはなんの意味もない、それは承知している。とはいえ放置してはおけなかった。

小説家はただ売れる本を書くことが目標なのか。本は商品でしかないのか。文芸としての評価は深い意味を持たず、結局は売り上げのみが基準になるのか。疑念が波状に押し寄せる。答えを知らないかぎり、この仕事はつづけられない、そんなふうに思えてきた。阿佐谷の部屋にじっとしてはいられない。気づけば外に飛びだし、ここに足が向いていた。

菊池がじれったそうにいった。「刊行は急がなきゃいけない。ジャーナリズムとしちゃ書籍は圧倒的に不利だからな。取材に一か月、執筆にも一か月。全力で進行して、刊行はさらに一か月後。よほど目新しい事実が書かれていないかぎり、出版自体の意味がなくなるぞ」

「書くのは事実だけです。だから目新しいかどうかはわかりません。それをわかったうえで承認していただきたいんです」

やれやれという態度をしめしながらも、菊池はつぶやきを漏らした。「前にだしたノンフィクション本は売れなかったが、核心に迫っていたのはたしかだ。本業はラノベ作家でも、きみには取材力があると考えるべきかもな」

「宮宇さんに相談していただけないでしょうか」

「編集長の意見か？　宮宇さんも、きみにそういう物を書かせられないかといってた。だから企画はすんなり通るだろう」菊池が吹っきれたように見つめてきた。「やるからにはしっかり頼むよ。会社としても売り上げに期待せざるをえないんだし」

売り上げ。また胸にひっかかる宣告がなされた。本をだすださないの話になれば、避けて通れないのが売り上げ見込みか。すでに商売に流されつつあるのではないか。

いや。真実を綴ることで価値ある本をめざす。そこに作家としての意義をみいだせるかどうかも、この仕事でたしかめたい。

菊池が釘を刺してきた。「あまり大きく構えようとするなよ。『テロルの決算』をめざそうとするな。『マッハの恐怖』も」

「沢木耕太郎と柳田邦男ですか」

「意気ごみすぎて問題作に傾きすぎたんじゃ、出版が難しくなる。とはいいながらも、あるていど騒がれるような内容であってほしいと願ってるが……」

担当編集者の煮えきらない態度に苛立ちが募ってくる。どうせ最後は自己責任なのだろう。李奈は頭をさげた。「最善を尽くします」

これ以上議論したところで前には進まない。李奈は踵をかえした。受付の前を通り、エントランスへと向かう。

取材の進め方は前と同じだろう。出版業界人が相手なら、ＫＡＤＯＫＡＷＡから話を通してもらう。移動の経費は領収書を提出すれば落としてくれる。あとは単独行動でしかない。

ビルをでた。薄日が射している。都心の住宅街の真んなか、クルマの往来もほとんどない狭い道路が横たわる。この出版社はそんな立地にあった。いま人の営みに踏みこんだ。ここから真実はおそらく地続きだろう。たどり着けなかったと言い訳はできない。

8

李奈はいままでラノベを三冊、一般文芸を一冊、ノンフィクション本を一冊だしてきた。にもかかわらず、校閲校正スタッフがどこの何者なのか知らなかった。ゲラはいつも担当編集者から送られてきて、そこには編集者以外の鉛筆の書きこみがある。校閲校正スタッフとはいちどの面識もなく、KADOKAWAや講談社の社員だと思っていた。しかしじつは別の専門会社があったようだ。出版社内に出向部署があるものの、本社は別に存在するという。

千代田区外神田三丁目にあるビルの七階。会議室に入ると、呼び集めた人々がテーブルについていた。

面識があるのは那覇優佳だけで、ほかは初対面だった。この会社の校閲スタッフ、三十代半ばの岸田加代。文芸評論家で四十代半ばの緑川隆二。フリー編集者で頭髪の薄くなった五十代、浦辺抄造。それぞれと名刺交換をした。

みな『告白・女児失踪』には関わりがない。現時点では斑雪社が詳細を伏せているため、本の制作過程があきらかではなかった。たしかに印刷所や装丁デザイナーはわかるものの、斑雪社への取材がかなわないうちに、個別の外注先を直撃するのはマナー違反に思える。筋を通したほうが、長い目で見れば有利にちがいない。

テーブルの上に『告白・女児失踪』が四冊あった。発売日が四日後に迫ったいま、取次に手をまわし融通してもらった。まずは部外者であっても出版業界人の意見をきく、李奈の取材はそこから始めることになった。

校閲の岸田加代が笑顔を向けてきた。「杉浦さん。『雨宮の優雅で怠惰な生活』、わたしがゲラの校閲校正を担当したんですよ」

「えっ」李奈は驚きとともに笑いかえした。「ああ、とても達筆なかたですよね？　鉛筆の字がすごく綺麗で」

那覇優佳がうなずいた。「字がすごくじょうずな校閲の人っているよね」

評論家の緑川隆二がいった。「僕は那覇さんの『インスタ映え殺人事件』について、新聞に書評を載せたことがあるよ」

「知ってます」優佳が冷やかな表情になった。「読むに値しないとか、さんざんけなしてくれましたよね」

「そんなことは書いてない。ただ本屋大賞にノミネートされるほどかといえば、いろいろ足りないものがあるんじゃないかと、疑問を呈しただけだよ」

加代がつぶやいた。「ああ。あの書評なら読みました。去年の本屋大賞ですよね？　ノミネート直後だったから、大賞の行方に多少は影響したかも……」

緑川が苦笑した。「本屋大賞は結局、汰柱桃蔵が二度目の受賞を果たしたんだったな？　那覇さんは汰柱さんが嫌いだろうね？」

優佳が淡々とこぼした。「緑川さんほどじゃないかも」

フリー編集者の浦辺抄造が、陰気な面持ちを緑川に向けた。「汰柱さんとＳＮＳで議論しておられましたよね？　すぐに汰柱さんの愛読者がゴマンと参戦してきて、やたら紛糾してしまい……」

緑川の顔から笑いが消えた。「アカウントは消去しました。未成年犯罪の厳罰化に関し、少々意見に食いちがいがあっただけなのですが、汰柱さんがやけに嚙みついてこられましてね。浦辺さんも経験あるでしょう？」

「……ええ」浦辺も表情を険しくした。「よくご存じで」

「誤字脱字が残ったまま出版したのは編集者のせいだと、汰柱さんから訴えられたとか」

加代が妙な顔をした。「最後は著者責任だという判例があったはずですけど？　たいていの出版社では、契約書にもそう記されてますし」

浦辺はため息まじりに応じた。「そのとおりです。和解を勧められ、汰柱さんも了承したため、裁判は終わりました。しかし汰柱さんはそれ以降も、私についてかなり酷いことをおっしゃいましてね。多少なりとも仕事に影響はあったと思います」

緑川がまたにやりとした。「面白い。業界の暇人が集まっただけなのに、もうこんなに汰柱桃蔵との因縁話が続出する。ちなみに僕はあの日、推協のパーティーにでたあと、ライター仲間と新宿で飲んでいてね。午後六時から汰柱さんの家に潜むなんて無理だったよ」

優佳がきいた。「推協のパーティー？　緑川さん、いました？」

「いたよ。僕はきみや杉浦さんがいるのに気づいてた。演説を終えた汰柱さんが、きみらに近づいていったろ？　そのようすも見てた。那覇さんは汰柱さんの仕事場に行ったあと、どこでなにをしてた？」

テーブルを囲む面々が、ブーイングに似た嘆きの声を発した。加代が苦笑いとともにいった。「アリバイがどうこうなんてやりとり、小説ではよく読むけど、冗談でも気分が悪いですよ」

投げやりな口調で優佳がぼやいた。「警察が話をききに来たし、ちゃんと答えました。なんの問題もなかったことは証明されてます。こんな対話、なんだか馬鹿馬鹿しくないですか。わたしはきょう、李奈から『告白・女児失踪』の感想を求められて、ここに来ただけなんですけど」

ようやく発言できる。李奈は列席者を見渡した。「お集まり願ったのはわたしです。お気に召さないことがありましたら謝ります」

浦辺がうながしてきた。「本題に入っていただけますか」

「はい」李奈は応じた。「まず意見をおうかがいしたいのは、この本が問題視されたタイミングです。製本時に印刷所の人が内容に驚き、弁護士に相談したらしいんですけど、なら初校や再校のゲラ直し時は？　スルーされてたんでしょうか？」

加代が本をぱらぱらとめくり、不審げに首をかしげた。「印刷所でゲラを作ったようには見えない」

「ええ」浦辺がうなずいた。「字組が素人然としています。DTPソフトでレイアウトから校閲校正まで完了させたのち、最終データのみ印刷所に渡したんでしょう」

李奈はきいた。「そんなことがあるんですか？」

「杉浦さんがこれまで仕事をしたのは、KADOKAWAさんと講談社さんですか？　大手の文芸部署なら、ゲラが二回出校されるのは当たり前です。でも小規模な出版社の場合、予算を削るため、書籍の編集でも工程の簡略化が進んでいましてね」

「へえ……」

緑川が真顔で説明した。「大手の版元の小説だったとしても、文芸誌の連載ぐらいなら、昨今はデータ上の直しのみだよ。いちいち紙に印字して、そこに修正を書きこむ作業は、贅沢な工程になりつつある。電子書籍のユーザーも増えているからね。紙に重きが置かれなくなってる」

「でも」加代が疑問を呈した。「汰柱桃蔵さんクラスの単行本で、こんな工程は稀じゃないですか？」

浦辺が加代を見つめた。「そのとおりです。デザインも版下作成も、編集部のパソコンで済ませてしまうなど、ベストセラー作家には失礼な対応ですよ。斑雪社は中堅どころの出版社ですが、汰柱桃蔵著のハードカバーをだすにあたっては、DTPソフトによる低予算工程を選ぶとは非常識です」

優佳がふしぎそうな顔になった。「それでも汰柱さんが斑雪社でだした理由は？」

「早く出版できます」浦辺が即答した。「作業工程が簡略化されているので、とにかく早期の刊行に漕ぎ着けられます。それに大手の出版社の場合、発売予定はかなり先まで決まっており、緊急出版を割りこませるのも困難です。斑雪社なら応えられたのでしょう」

緑川が本を手にとった。「理由はほかにも考えられる。内容を外に漏らしたくなかったのかもな。大手じゃ人の口に戸は立てられない。文藝春秋でだせば文春砲の餌食になる。作家の不祥事はネタにしないことが多いが、さすがに今度ほどの内容になるとな」

加代は本の巻末を開きながらいった。「まって。奥付には発行が斑雪社、制作はイメタニア社とありますけど」

「イメタニア!」緑川が額に手をやった。「そうか。奥付は見落としていたな。本を作ったのは編プロなわけだ」

李奈にとっては馴染みの薄い話だった。「編プロですか……?」

フリー編集者の浦辺が向き直った。「編集プロダクションのことです。私もむかし、スタジオハードという編プロで働いたことがありましてね。その名のとおり激務でしたよ」

「編プロって」李奈は浦辺にきいた。「本の企画や編集、制作を代行する会社ですよね?」

「そんなスマートなものではありません。出版社からきつい仕事だけが下請けにまわされます。それを請け負う会社というべきでしょう。手っ取り早く儲けたいムック本など、質より速度が求められる制作の場合、編プロは重宝されます」

緑川はまた苦笑いを浮かべた。「イメタニア社なんて、雑誌の穴埋め記事のほかには、Vチューバーの始め方のハウツー本だとか、ゲームの攻略本、声優のカレンダーを制作してるぐらいだ。汰柱桃蔵クラスの著書を手がけるなんて前代未聞だろう」

李奈はたずねた。「やはり大手マスコミに内容を悟られず、しかも迅速にだすためでしょうか」

「それ以外に考えられないな」緑川は本を開いた。「一読してわかることだが、誤字脱字が多すぎる。本来なら校閲者が直すべき表現の誤りも、そのまま残されてる。差別用語も多いな」

加代も同意をしめした。「職業柄、直しの対象になる箇所は目につきますが、それにしても頻出しますね。問題のないページがないぐらい。わたし、汰柱さんの小説を担当したことがあって、〝追撃〟という言葉によくチェックをいれるんです。汰柱さんは〝追い打ちをかける〟という意味で多用しがちなので」

李奈はうなずいた。「わたしも直されたことがあります……。〝劣勢にある相手をさらに攻める〟が、本来の〝追撃〟の意味ですよね？」

「指摘を受け、汰柱さんは怒ったらしくて、〝追い打ちという意味もある〟とゲラに書き殴ってありました。たしかに意味は変化しつつありますけど、それは昭和初期を舞台にした小説で、しかも台詞でした。だからふさわしくないと思ったんです。この本にはあいかわらず、追い打ちという意味の〝追撃〟がめだちます」

緑川が鼻を鳴らした。「編プロがDTPソフトで校正するていどじゃ、まともなクオリティなんか期待できやしない。汰柱さんもわかってたはずだ。過去の出版において、校閲校正スタッフに救われたという自覚ぐらい、ちゃんとあるだろうからな」

それでも変則的な出版方法に固執したのか。李奈は緑川に問いかけた。「内容はどうですか。汰柱桃蔵著と断定できるでしょうか?」

「百パーセントそうだろう」緑川は天井を仰いだ。「三部構成で中盤を長めにとる。一人称の浪花節で涙を誘おうとする。〝見目麗しい〟や〝破顔〟といった表現の多用。改行のタイミング。状況描写に特有の言いまわし。まぎれもなく汰柱桃蔵の小説だ」

「書いたのは汰柱さんでも、他人から体験談をネタとして売りこまれた可能性は……

……?」

「ないな。汰柱桃蔵は売り上げに執着するが、それはオリジナリティへの対価でなければならない、本人がよくそう主張していた。文章力があまり評価されていないからか、アイディアこそが作家の能力と、独自の基準を定めたがっていた」

浦辺がいった。「小学館や新潮社で、汰柱桃蔵を担当する編集者らも、彼らの発案に耳を傾けてくれないと嘆くのが常でした。たとえアイディアの断片だけでも、編集者から提供を受けることは、作家の恥だと思っていたようです。むしろまず編集者を驚かせる原稿を書きたがっていたらしくて」

優佳が小さく唸った。「汰柱さんはベストセラー作家でありつづけることにこだわってたでしょ？　真犯人の告白をきいたなら、それを本にすれば社会派としての賞賛が得られるし、売り上げも期待できると考えるんじゃない？」

李奈は優佳を見つめた。「わたしもそう思ったけど、汰柱さんがそれっぽい人と接触した痕跡はないって……。そんな話を持ちこまれたとしても、汰柱さんは大手出版社の編集者に相談すると考えられるらしくて」

浦辺がうなずきながらいった。「まちがいなくそうしますよ。汰柱さんは問題作を手がけているようで、じつは評判の失墜や売れ行き低下を恐れていました。世間を煽りながらも、本気で是非を論じられるのは嫌なのです。せっかく売れる作家の地位を得たのに、犯罪者とつながりがあったと囁かれだしたら、ベストセラー作家の名折れですし」

緑川も同調した。「汰柱は危ない橋を渡ろうとしない。思うに彼は、ただ亜矢音さん失踪事件にヒントを得て、なるべく早くスキャンダラスな小説を発表したかっただけじゃないのか。いかにも彼の考えそうなことだ。事実この作品はそんな外連味に満ちている。ところが内容が現実の事件と一致してしまった。そう考えるのがしっくりくる」

優佳が腑に落ちなそうな顔になった。「ならなんで自殺したんですか？　現実の事件と一致したなんて、遺体が見つかっていない状況じゃ、汰柱さんに判断できませんよね？　それとも現場を訪ねて、じつは遺体を発見してたとか？」

「鍵を握るのは侵入者だ」緑川がつぶやいた。「自殺じゃなく他殺かもしれない。けれども真実はなにもわからない」

室内がしんと静まりかえった。誰もが難しい顔で黙りこんだ。李奈もなにもいえなかった。

緑川の発言の趣旨は理解できる。かつて高木彬光が、光クラブ事件の関係者と接触した体で、そこにヒントを得た創作『白昼の死角』を発表した。あれと同じ状況だ。汰柱桃蔵もまた、実在する犯人に取材したかと思わせる作風により、世間を騒がせることでベストセラーを狙った。それだけかもしれない。たしかに『告白・女児失踪』は、そんな作為性に満ちた小説だった。

問題は小説の内容が、あまりに事実に即していた点にある。しかも汰柱は謎の死を遂げてしまった。

浦辺がテーブルの上で両手の指を絡みあわせた。「汰柱桃蔵は他人のあらすじを元に書くような作家ではない。真犯人からネタを売りこまれても、スキャンダルを恐れる性格ゆえ、ひとりで小説化しようとはしない。ただ流行作家だけに、ベストセラーへのこだわりは人一倍あった。やはり小説は汰柱桃蔵の創作でしかなかったんでしょうか。その後のことは本人にも予期できなかったとしか……」

また沈黙が訪れた。さっきからみな同じ疑問を口にしている。これ以上の議論は臆測にすぎない、そんな様相を呈しつつある。とはいえこの場では『告白・女児失踪』について、出版業界の専門家から、さまざまな意見を聴取できた。

李奈は一礼した。「大変参考になりました。深く感謝申しあげます」

優佳が声をかけてきた。「李奈。斑雪社の記者会見まで、あと三日だっけ？　版元が初めて見解を発表するんでしょ？」

そのとおりだった。『告白・女児失踪』が書店に並ぶ前日だ。それまで斑雪社はいっさいの取材を受けつけないという。発売自粛も断固として拒否したらしい。

「ええ」李奈は深刻な思いとともにうなずいた。「どういう経緯でこの本ができたか、そこをしっかり問いたださないと」

9

　記者会見場は直木賞や芥川賞と同じ、東京會舘の大広間だった。建て替え工事中、受賞者の会見は帝国ホテルでおこなわれたが、最近は完成後の東京會舘に戻った。斑雪社も同じ場所で会見をおこなう。いかに世間の注目を集めたがっているかがわかる。

　受付に群がるのはテレビや新聞の記者ばかりだった。素人の李奈は通されるかどうか、一抹の不安をおぼえた。けれども事前の申しこみは受理されていて、あっさりとなかに入れた。

　会場内には何十列もパイプ椅子の記者席が連なっている。すでに記者たちで埋まりつつあった。空席のほとんどに物が置いてある。後方には三脚を立てるための台があり、テレビカメラが複数設置されていた。

　李奈は最後列の端からふたつめに座った。こういう会見が自由席だとは知らなかった。もうこの辺りしか空いていない。

　前方の演壇には椅子が二脚並んでいる。もともと宴会場のせいか、豪華さをなんとなく不謹慎に感じる。斑雪社はどういうつもりだろう。真意は会見での発言をきくまでわからない。

推協の懇親会は飯田橋のホテルだが、日本文藝家協会のほうは、ここ東京會舘で開かれる。李奈はまだ出席する機会がなかった。いつもどんな服を着ていくべきか悩む。記者らはスーツのほかにも、カジュアルな装いがめだつ。この場にそぐうかどうかは考えていないようだ。

ふいに洒落(しゃれ)たテーラードジャケットの青年が、李奈の近くに立った。「隣り、空いてる？」

李奈は驚いて青年を見上げた。推協のパーティーで会った曽埜田璋が、微笑とともにたたずんでいた。

「ああ。曽埜田さん」李奈は腰を浮かせた。「どうぞ。でもなんでここに……」

曽埜田が隣りの席に座った。「きみと同じ仕事だよ。事件に関するノンフィクション本を、蓬生(ほうせい)社から依頼されてね。汰柱さんが失踪した日に会ったという理由だけで」

「ほんとに？」李奈も着席した。「汰柱さんの仕事場には来なかったのに」

「僕もそういったんだけど、蓬生社はそこをわかっていて、まず那覇優佳さんに依頼したらしい。彼女には断られたみたいだ。推協のパーティーにいた大御所作家さんんたちも、もちろん受けたがらない。だから僕にまわってきた」

「真相に興味が……」

「多少はね。でもそれより仕事だよ。このところ財布が厳しい。集英社文庫でだした書き下ろしの新作小説、初版部数がまた減らされた。もうデビュー作の半分ぐらいかな」

「曽埜田さんでもそんなあつかいなんですか」

「このところの文芸は薄利多売だよ。特に文庫書き下ろしは、どこの出版社も、半ば粗製濫造でいいってスタンスらしい。数打ちゃ当たると思ってるんだろうね。こっちとしてはいい作品を書こうと頑張ってるんだけど」

「思いが通じないですよね……。企画をだしても返事がないし」

「汰柱桃蔵ぐらいになると、どんな内容だろうが、書けば出版してもらえるんだろ？羨ましいよね。秘密を知りたいのはむしろそっちかな」

李奈は思わず笑った。「わたしも知りたいです。来月の家賃を稼ぐために、コンビニのバイトもシフトを増やさなきゃいけないし」

「きみもか。いっそ版元に借金を頼もうかな、太宰みたいに。〝貴兄に五十円ことわられたら、私、死にます〟ってやつ。僕の場合は、勝手に死ねよといわれそうだけど」

「あるいは五十円だけ貸してくれるとか……」

「ああ。ありうるな。天下の太宰治と同じ金額だとかいいながら」

ふたりは笑いあった。苦笑いというより、やけくそぎみに吹きだした、そんな感覚に近い。投げやりな気分にならざるをえないぐらい、出版業界は世知辛い。それでも曽埜田と一緒に毒づいたおかげで、多少は気が楽になった。

司会者の声が響き渡った。「えー。本日はお集まりいただきまして、誠に恐れいります。斑雪社代表取締役、蓑井俊介のほうより、みなさまにご説明申しあげます」

前方に現れたのは、五十すぎの面長に黒眼鏡、短髪を黒々と染めた男性だった。スーツをきちんと着こなしている。深々と頭をさげるさまは、まるで謝罪会見のようだ。

この人物が蓑井社長にちがいないが、もうひとり男性が現れた。そちらはいくらか若く、四十代ぐらいの丸顔に無精髭、だぶついたスーツに着慣れていない印象が漂う。カメラのフラッシュが矢継ぎ早に焚かれる。社長と副社長だろうか。なんとなく同じ勤め先には思えない。

ふたりは会見席におさまった。蓑井社長が緊張した面持ちでマイクに告げた。「あのう。汰柱桃蔵著『告白・女児失踪』につきまして、予定どおり明日発売いたしますことを、ここにご報告申しあげます」

沈黙が生じた。これで会見を終わられてはたまらない。たちまち質問の声が飛んだ。大勢が同時に発言するため、なにを喋っているのかさだかではない。

司会者が戸惑いがちに呼びかけた。「ご質問は挙手で……。先にご所属とお名前をおっしゃってください。ええと、ではそちらのかた」

「毎日新聞の築田です。そもそもどういう経緯で原稿が書かれ、御社にて出版される運びになったんでしょうか」

「はい」蓑井社長は隣りの男性と顔を見合わせてから、前方に向き直った。「汰柱桃蔵さんが原稿を、編集プロダクションのイメタニア社に持ちこまれまして、同社が弊社に刊行を依頼しました」

「内容はご存じだったんでしょうか」

「惣崎亜矢音さんの事件を彷彿させる内容の小説……。そういう認識でした。本の制作はイメタニア社にまかせておりましたので、弊社の者は、細かく原稿に目を通してはおりませんでした」

「自社で発売する本を読んでいなかったんですか」

「汰柱桃蔵さんというビッグネームの本だとききまして、営業や販売も相応の規模で動いてもらうべく、社内の調整を急ぎました。弊社はそうした実務を優先し、本それ自体の制作は、イメタニア社に一任しておりました」

蓑井社長は隣りの男性に目配せした。すると丸顔の男性がマイクに口を近づけた。「えー」男性はいかにも喋り慣れていない口調で発言した。「あのう、イメタニア社の社長を務めております、谷崎潤一です」

ざわっと反応があった。文豪から一字欠けただけの氏名。社長だけに本名にちがいない。とはいえそれ以上、特になんの意味もなさそうだった。記者席にもほどなく静寂が戻った。

谷崎がぼそぼそといった。「ええと、経緯なんですが、汰柱さんから電話がありました。うちの者は誰ひとり、汰柱さんと面識がなかったのですが、文芸書をだしたいので、原稿を見てもらえないかというご相談で」

挙手により、司会者から指名された記者が、谷崎に話しかけた。「テレビ朝日報道局の中路と申します。失礼ながら汰柱さんほどの作家が、編集プロダクションに売りこむという状況は、通常ありうるんでしょうか。汰柱さんはなぜそうなさったと思われますか」

「あのですね」谷崎が慎重な物言いで応じた。「うちは永井荷風や直木三十五の文学を編集し、斑雪社さんで出版しております。汰柱さんはそれらの本の奥付を見て、うちの社名をご存じだったらしく……」

曽埜田が李奈にささやいてきた。「だからって文芸編集に長けた編プロってわけじゃないよな。永井荷風や直木三十五は著作権が切れてる。青空文庫からコピペしただけの本を、イメタニア社は量産してる」

李奈は驚いた。「まさかそんな乱暴なやり方……」

「やるんだよ、一部の編プロは。宿題に教科書ガイドの解答を丸写しにするような、低俗な手法であっても、出版社が金をだすとわかれば抜け目なく実行する。たぶん斑雪社も、イメタニア社がそこまで安易な仕事をしてるとは思ってない」

「汰柱さんも騙されてたんでしょうか」

「いや。イメタニア社が文学を扱ってたから、汰柱さんから声がかかったなんて、そんなことあるわけがない。単なる方便だよ。汰柱さんはただ、出版社に直接関わりたくなかった。制作過程で内容がばれるのも恐れた。やっつけ仕事が専門の編プロなら業界の盲点になる。そこを狙ったんだと思う」

「ってことは、汰柱さんも事前に内容がばれた場合、出版に横槍が入るという自覚はあったわけですね」

「もちろんそうだろう。確信的に編プロを利用したわけだ」

別の記者が質問していた。「『週刊文春』の小野寺です。汰柱さんから完成原稿が送られてきたとのことですが、出版契約はどのように交わされたのでしょうか。発売元となる斑雪社さんを交え、三社間でどんな取り決めがなされましたか」

谷崎が答えた。「文春さんはご存じかと思いますが、この業界で出版契約書を交わすのは、本ができてからになります。ですが今回は大きなビジネスですし、事前にしっかりと覚書を交わしました」

「それは三社間で……」

「いえ。うちと汰柱さんのあいだの覚書です」

斑雪社の蓑井社長が発言した。「弊社の法務部も確認しております。法的に効力のある覚書です」

記者がたずねた。「その覚書の内容ですが、どのようなことが記されていましたか」

また谷崎が回答した。「汰柱さんが要求なさったことを、ひととおり明文化したものです。原稿を一字一句変えてはならない。すべての文責は筆者にある。本の制作自体はイメタニア社にまかせる。どこかつきあいのある出版社で、できるだけ早くだしてほしいと」

「汰柱さんは亡くなりましたが、まだ覚書の効力が持続しているとの判断でしょうか」

谷崎は言葉に詰まり、表情筋をわずかに痙攣させた。やがて谷崎が静かに告げた。

「著者が死んだとしても、予定どおり本を制作し、出版してほしいとの条項があります」

記者席にざわめきがひろがった。曽埜田が目を丸くした。李奈も絶句せざるをえなかった。

出版契約書にしろ覚書にしろ、著者の死について触れるなど、ふつうありえない。汰柱桃蔵は死を予期していたのだろうか。そのうえで小説を通じ、みずからの罪を告白しようとしたのか。

いっせいに手が挙がる。指名した記者が声を張った。「産経新聞の根元です。イメタニア社さんは本の内容について、倫理的に問題はないとお考えだったんでしょうか」

「いえ」谷崎は額の汗を拭った。「実際の事件にヒントを得たフィクション、そうとらえておりましたが……。汰柱さんには何度か確認しました。しかし原稿に手を加えず出版するのでなければ、ほかに持っていくとおっしゃって」

「『告白・女児失踪』という題名は、汰柱さんがきめたのですか」

「そうです。題名も変えてはならないと強く申しつけられました」

「著者の死後についての条項が、覚書にあるとのことですが、印税をどうするか記載はありましたか。被害者遺族に寄付するとか」

「……いえ。あのう。特にそういう申し出はありませんでした」

「すると『告白・女児失踪』の売り上げについては、本来著者に支払われる印税分も、斑雪社さんとイメタニア社さんが受けとられると」

　蓑井社長がこわばった顔で応じた。「汰柱さんのご遺族と話し合いのうえで……。詳細はこれから詰めていくことになると思います」

　汰柱は独身だった。ほかにどんな身内がいるのだろう。なんにせよこれだけの騒ぎになれば、本の売り上げは保証されたも同然だ。莫大（ばくだい）な金額が動くのはまちがいない。

　記者のひとりが嚙（か）みつくようにきいた。「警察がまだ捜査中の段階であり、被害者遺族も心を痛めておられる現状で、本を予定どおり出版することについて、斑雪社さんはどのようにお考えですか」

　蓑井社長は沈痛な表情で下を向いた。「謹んで惣崎亜矢音さん、並びに汰柱桃蔵さんのご冥福をお祈り申しあげます。弊社はイメタニア社を通じ、汰柱桃蔵著の文芸書を出版する運びになりました。内容が事件とどのような関わりがあったかは、警察の捜査をまたねばなりません。しかし私どもは、著者が亡くなったいまこそ、出版に意義があると考えております。理由は……」

出版の意義など綺麗ごとにすぎない。こんなビジネスチャンスはめったにない。たとえ倫理面を非難されようと、みすみす逃す手はない。ふたりの社長の一見神妙な表情に、断固として譲りはしない、そういいたげな頑なさがのぞく。

司会者が声を張った。「申しわけありませんが、予定時間を大幅に超過しております。質疑応答は以上とさせていただきます」

記者たちがいっせいに声を張った。だが蓑井と谷崎は立ちあがり、深々と一礼すると、黙って退場し始めた。

辺りが騒然とするなか、曽埜田が険しい顔を向けてきた。「覚書を見せてもらわないと、ノンフィクション本が成り立たない」

ちがいない。汰柱が生前にどんな約束を交わしたか、克明に綴った唯一の書面になる。それなしに事実は追えない。李奈はつぶやいた。「どうすれば……」

「社長たちに頼むしかない」曽埜田が腰を浮かせた。「行こう」

李奈も席を離れた。ふたりだけではない。記者はみな立ちあがっている。退場する社長らに殺到したものの、警備員に押しとどめられていた。

喧噪のなかを、李奈は曽埜田とともに、人混みを掻き分けながら前進した。退室する寸前の蓑井と谷崎に、あと数歩の距離まで近づいた。

曽埜田が怒鳴った。「谷崎さん！　曽埜田璋です。前にイメタニア社さんが『このミステリーがエグい』を編集したとき、インタビューしてくださったでしょう？　覚書、拝見できませんか」

蓑井は前を向いたまま部屋をでていく。だが谷崎のほうは退室する寸前、こちらを振りかえった。その目が曽埜田に向き、次いで李奈も見つめた。谷崎の視線はたしかに曽埜田と李奈をとらえた。

だが辺りの騒々しさは凄まじかった。隙あらば警備員をすり抜け、録音機器を突きつけんばかりの勢いで、記者の群れが押し寄せる。警備員がふたりの社長に、立ちどまらないよう呼びかけた。蓑井につづき谷崎も、戸口の向こうに姿を消した。

場内は急にトーンダウンした。ざわつきながら記者らが散開していく。李奈と曽埜田はその場に立ち尽くした。

「杉浦さん」曽埜田がいった。「推協のパーティー後、汰柱さんの仕事場でのようす、詳しくきかせてくれないか」

「仕事場ですか？　あんなのただのホームパーティー……」

「そうだろうけど、細かいところまで知りたいんだよ。僕は同行できなかったからさ。でないとノンフィクション本の情報量で、きみに差をつけられる。もっとも別の点で、僕にも有利なところがある」

　張り合う気はない。争いごとは苦手だった。それでもきいておきたい。李奈は曽埜田にたずねた。「有利なところって？」

「汰柱さんの自宅。じつは汰柱さんの弟さんから、宅内を見せてもらう約束をとりつけたんだ」

　仕事場は訪ねたものの、自宅のほうは未見だった。李奈は思わずつぶやいた。「へえ……」

「興味あるだろ？」曽埜田は目を輝かせた。「同行させてあげるよ。仕事場での一部始終の情報と引き替えに」

10

小雨がぱらつく午後だった。元麻布の坂を上りきると、別世界のような超高級住宅街に行き着いた。道幅があるわりに、クルマの乗りいれはほとんどない。静謐のなかに上品な平穏が漂う。豪邸の敷地面積はどれも広く、庭は公園のような緑に覆われていた。

李奈は曽埜田とともに、そのなかの一軒を訪ねた。瀟洒かつ立派な洋館風の二階建て。褐色の煉瓦が外壁を隈なく埋め尽くす。門扉やフェンスはなく、路面と芝生の庭がつながっている。シャッター扉付きのガレージが併設してあるが、いまは開放されていた。なかにクルマがないのがわかる。

チャイムを鳴らすと、ほどなく玄関のドアが開いた。ひとりの男性が迎えた。四十代後半で痩せた身体つき、髪を七三に分けている。スーツ然としたジャケットを羽織るものの、ネクタイのない丸襟シャツだった。

初対面という気がしない。頰がこけ、面長である点を除けば、汰柱桃蔵にうりふたつに見える。汰柱もいつも恵比寿顔のようで、このように仏頂面になることがしばしばあった。

曽埜田が頭をさげた。「きょうはありがとうございます。こちらは僕と同業の杉浦李奈さんです。李奈さん、このかたが汰柱さんの弟さんで、棚橋啓治さん」

「棚橋です」男性は李奈におじぎをしてから、曽埜田に向き直った。「早かったね。ここはわかりにくかっただろ?」

「それほどでも」曽埜田が笑った。「広いお屋敷ばかりなので、スマホのマップ上のドットも、ちゃんと住所をしめしていまして」

「そうか」棚橋啓治は外を指さした。「表札がでてないのが不便でね。借りてるだけの家だからしょうがないんだ。外国人が二年間、留守中に貸してるにすぎない物件だよ」

ドアが大きく開け放たれた。棚橋が邸内に入っていく。李奈は恐縮しながらつづいた。なかは薄暗かった。無駄な照明は灯さずにいるのかもしれない。

床は大理石だった。艶やかな光沢を放っている。靴脱ぎ場がないのは、もともと外国人の住まいだからだろう。いまは玄関のドア付近に外履き用の靴が並んでいる。室内ではスリッパに履き替えるらしい。李奈と曽埜田はルールに従った。

日本のファミリータイプの家とは、根本的に造りが異なる。玄関ホールがリビングにつながっていた。ギリシャ風の丸柱がいたるところに立つ。テレビ台はマントルピースに似せたデザインが施してあった。リモコンには配信動画視聴用のボタンが付いている。ソファやテーブルも大きい。隣接するキッチンはL字型で広く、大きな冷蔵庫も食洗機も欧米の仕様だった。

李奈はつぶやいた。「ここを二年だけ借りてるなんて……」

曽埜田が歩きまわりながら応じた。「不動産サイトを見ればわかるけど、この辺りじゃめずらしくないんだ。大使館がらみの人の住居が多いらしくてね。たいてい定期借家契約の表記がある」

「定期借家……。賃料が相場より低めになるんですよね？」

棚橋がうなずいた。「ああ。月百八十万円は、この界隈じゃ掘りだし物だな」

思わず耳を疑う。李奈は驚きの声を発した。「百八十万ですか⁉」

「外国人の家主だから礼金がなくて助かるとか、兄貴がいってたな。ま、俺は庶民なんでね。こんな無駄遣いは理解できないが」

曽埜田が棚橋にきいた。「ほかの部屋も拝見できますか」

「あとは二階だな。そっちに階段がある。どうぞ」

丸みを帯びた支柱の手すりが、いかにも豪邸の風格を漂わせる。棚橋は先に階段を上っていった。曽埜田がつづき、李奈は最後だった。辺りに目を向けるたび、ただ圧倒されるしかない。田舎より田舎っぽいところがある中央線沿いとはちがう。東京のど真んなかに、こんな浮世離れしたところがあったとは。

二階の各部屋をのぞいてまわる。どこも猫脚の家具に彩られていたが、整然と片付いていた。定期借家のためだろう、汰柱もあまり私物を買いこまなかったらしい。

部屋をめぐりながら曽埜田がたずねた。「棚橋さんはどんなお仕事をなさってるんですか」

「商社で営業部長を務めてる。きょうは休みをとった。兄の葬儀がらみといえば、有休以外にも何日か休みをもらえてね。その点じゃ著名な兄貴だったのはありがたい」

会ってすぐにいうべき言葉を忘れていた。李奈は棚橋に頭をさげた。「お悔やみを申しあげます」

「いや。いいんだ」棚橋がぶっきらぼうに応じた。「俺にとっちゃ頭にくるだけの兄貴でね。まるで悲しくない」

李奈は黙るしかなかった。次になにを口にすべきか、まるで思いつかない。

棚橋は一方的に告げてきた。「兄貴は高卒でね。ラジオのハガキ職人とか、くだらないことばっかりやってるうち、コピーライターになった。名が売れたのは、たまたまクライアントが大手企業だったからさ」

「でも」李奈はおずおずといった。「小説は初めから大成功でしたよね」

「商売の才能には恵まれてたからな。でも変わってるよ。読者を泣かせるのがベストセラーへの道ときいて、印刷のインクにタマネギの成分を混ぜられないかと、本気で出版社に申し立てたんだから」

「タマネギ……ですか」

「ああ。最後のほうのページに、タマネギの成分をまぶしておけば、自然に涙がでるってよ。読者は小説に感動したと錯覚するとさ」

「実現したんでしょうか」

「まさか。出版社から一笑に付されたといってた。その後は執筆に力をいれてね。歯の浮くような決め台詞だとか、お涙頂戴の展開を盛りこんで、とにかく大衆ウケを狙うことに躍起になってた。まともな作家じゃやりたがらない、ベタな展開がかえってよかったんだろうな」

執筆時の意識がどうであれ、ベストセラーを記録したのは、純粋に汰柱桃蔵の腕による成果だろう。その点は弟も認めているらしい。しかし発言には不満ばかりが感じられる。

李奈は棚橋にきいた。「汰柱さんは独身でしたが、相続のほうは……？」

棚橋が鼻を鳴らした。「まだ親が生きてるし、いとこや親戚もいる。でも俺を含め、誰も恩恵にあずかれない。兄貴の著作権と、そこから得られる収入のすべては、慈善団体に寄付される」

「……正式な遺言なんですか」

「遺言書が麻布公証役場に保管されてるよ。兄貴は家族と仲が悪かった。ずっと無職も同然だったし、結婚もできない駄目な長男だったからな。両親の年金を食い潰すだけの厄介者と見なされてきた。親子喧嘩も兄弟喧嘩も頻繁にあった」

「汰柱さんがベストセラー作家になっても、状況は変わらなかったんでしょうか」

「ああ。俺は実家に金をいれてきたが、兄貴は儲かってからも親に恩がえししなかった。最低な兄貴だ」

三人は薄暗い廊下に立ちどまった。問いかけたいひとことを言葉にしづらい。李奈は曽埜田と発言を譲りあった。

棚橋が察したようにいった。「兄貴が死んだ日なら、俺は外まわりをしてた。午後六時以降は商談もなく、まっすぐ自分の家に帰った。家では妻や息子と一緒だった」

曽埜田がたずねた。「警察の取り調べを受けたんですか」

「かなり早い段階でな。通夜や葬式でさばさばした態度をとっていたのも、警官の目には不自然に映ったらしい。あいにくこの屋敷に潜んでいた侵入者は、ほとんど痕跡を残さなかったらしくてね。何者だったのか、いまだあきらかにならないってさ」

「痕跡が残ってない？」曽埜田がふしぎそうな顔になった。「指紋だけじゃなくて、汗や皮膚片、髪の毛も見つからなかったんでしょうか」

「警察の話では、全身に防護服を着てた可能性があるってよ。疫病の感染を防ぐための、頭まですっぽり覆うやつだ。検出できたのは靴痕（くつあと）のみ」

曽埜田はなおも問いかけた。「警察はすべての部屋を調べたんでしょうか」

「ああ。絨毯（じゅうたん）も引っ剝（ぺ）がしてた。見てのとおり、あまり物を置いてない家だから、捜索も速くてな。刑事たちも残念そうに引き揚げていった」

「ここの合鍵（あいかぎ）はお持ちだったんですか？」

「刑事みたいなことをきくんだな、きみは。もちろん持ってたからこそ、こうしてきみらを迎えてる。勝手口を壊して侵入する必要なんかない」

李奈と曽埜田は黙りこんだ。棚橋は沈黙の意味も敏感に察したらしい。

「いや」棚橋は首を横に振った。「偽装なんかじゃないぞ。俺は兄貴がパーティーにでかけてるなんて知らなかった。知ってたとしても、ここで呑気（のんき）に待ち伏せなんかしない。兄貴はいったんでかけたら、いろんな人間を誘って、ふらふらと飲み歩くからな。いつ戻るかわかったもんじゃない」

正当な主張に思える。あの晩、汰柱がまっすぐ家に帰る確率はごくわずかだった。

この屋敷に潜んでいたのが何者であれ、汰柱の性格や事情に疎い人物だったと推測される。汰柱は偶然にも帰宅してしまい、悲劇に見舞われた。彼の死が自殺でなければの話だが。

ほかにも気になることがあった。李奈は棚橋を見つめた。「あのう。書斎とか書庫はどこですか」

「ないよ」棚橋があっさりといった。「仕事場ならマンションのほうだ。ここから歩いて行ける」

「ええ、それは知っていますが……。このお屋敷では一冊の本も見かけていないので」

曽埜田がうなずいた。「そういえばそうだな。小説家の自宅にしちゃめずらしい」

棚橋は特に興味もなげに歩きだした。「本ならたしか寝室にあったな。こっちだ」

廊下の突きあたりのドアを開けた。やはり広めの部屋で、キングサイズのベッドが据えてあった。家具はクローゼットとライティングデスクだけで、書棚はなかった。デスク上に置かれた本はたった一冊。横溝正史著『悪霊島』のハードカバー版だった。

李奈は本を手にとった。発売元は当時の角川書店、定価九八〇円。奥付を見ると、昭和五十五年七月三十一日、初版発行となっている。

曽埜田がのぞきこんだ。「へえ。初版本か。古いのに状態がいいな」

「たしか部数が多かったから、初版でもそんなにめずらしくないはず……」李奈はページをぱらぱらとめくった。ふと気になるものが目にとまった。

二九二ページ。二段組の上段。赤いボールペンで四角く囲った箇所があった。

「すると、三津木五郎という若者は、磯川さんの子どもだということになるんですか」

「越智さん」金田一耕助は世にもやさしい目で相手を視やりながら、宥め諭すように言葉をえらんで、

「このことはあなたにとっても、大きなショックでしょうけれど、わたしにとってはもっともっと、大きなショックだったんですよ。警部さんとわたしは、ずいぶん長いつきあいですが、あの人にこういう大きな悲劇的過去があったろうとは、さっきこの手紙を読むまで、全然しらなかったんですからね」

「あの人はいま……？」

「今日の午後二時頃、岡山のほうへ帰りましたよ。その手紙をわたしに遺して…

…」

曽埜田が眉(まゆ)をひそめた。「なんだろう。なぜそこだけ囲んである？」

「わかりません」李奈は棚橋を振りかえった。「この枠線、どういう意味かご存じですか？」

棚橋は一瞥(いちべつ)するなり首を横に振った。「小説のことはよくわからん。読書は趣味じゃないんだ」

李奈は本に目を戻した。さらにページを繰る。すると三八〇ページにも、赤いボールペンによる枠線が見つかった。上段、文中の一部だけが囲ってある。

刑部(おさかべ)島の事業もそのまま推進、ますます拡大をはかる計画だったので、

さらに同じページの下段には、かなり広範囲にわたる文面が枠線で囲まれていた。

金田一耕助はなにげなく手を出しかけたが、すぐ思いなおしたように、

「それはきみからほんとうの所有者に、お返しするほうがいいだろう」

五郎はちょっと躊躇(ちゅうちょ)したのちに、

「警部さん、ありがとうございました」

「ああ、そう」

磯川警部は受け取ると、あわててポケットへねじこんだ。それはまことに呆気(あっけ)ないシーンであった。

芝居でするとよくこういう場合、

「父上様……」

「倅(せがれ)であったか」

などという愁嘆場があるものだが、現実にはなかなかそうはいかないものである。父として子として愛情が通い合うまでには、そうとう時日を要することだろう。しかし、五郎の態度にさきほどまでのふてくされや、とげとげしさがなくなっていることは、だれもが認めるところであった。

金田一耕助はほのぼのと心温まるものを覚えていた。

三八二ページでも、文中の一部だけが赤く囲んであった。

巴御寮人はただ好き勝手なことをやっていた。あのひとの持つ魔性が衝動的に多くの男を惨殺せしめた。

李奈はどんどんページをめくっていった。三八五ページの下段でも、ひとかたまりの文章が赤い枠内にあった。

金田一耕助はまた悲しげに首を左右に振りながら、
「そのときのあなたの心情は、おそらく愛憎を超越していたでしょう。相手の無知に対する憐愍の思いしかなかったにちがいない。かくてあなたはあの人を窒息死させたのち千畳敷きから突き落とした。そこがかつてあなたの僚友、青木修三氏が突き落とされたとおなじ場所であるということが、あなたの理性にあったかどうか、そこまでは疑問としてもですね」

最後に赤く囲ってあるのは、小説全体の最終盤、三八六ページのなかの一文だった。

巴御寮人の遺体はついに発見されなかった。

李奈はもういちど本のページをぱらぱらとめくったが、ほかに書きこみはなかった。曽埜田が疑問を呈した。「これは古本じゃないのか？　前の持ち主の落書きかもしれない」

「いえ」李奈にはそう思えなかった。「ボールペンのインクがまだ新しい。たぶん書きこんでから、そんなに日数が経っていません」

「〝金田一耕助〟が主語で始まる文章が多かったな。たいてい金田一の台詞がつづいてる」

「ほかにも文中のわりと短い一文だけが選択されています。地の文の抜粋もあれば、金田一の台詞の一部だったりもする」

「めずらしいことじゃないよ。小説家は自分が思いつかないような表現や、知らない言葉が目にとまると、そこに印をつけたりするもんだ。少なくとも僕はそうしてる」

李奈は赤い枠線に囲まれた箇所を読み直した。どうも納得がいかない。「そんなに凝った表現じゃありませんよ？　取り立てて感心するような構文でもない」

「なら内容かな。読んだときに興味深いと思えるくだりだったとか？」

　そこも腑に落ちなかった。李奈は意見を口にした。「枠内には共通した登場人物が描かれてて、因果関係はありそうだけど、どれも本筋からは外れてる。謎解きの要点からかけ離れた、枝葉の部分ばかりでしょう？」

「さあ……。全体を読んでないからわからない」

　李奈は面食らった。「『悪霊島』、読んでないんですか？」

「きみはやたら文学に詳しいけど、むかしの本を網羅しなきゃ、ミステリを書いちゃいけないって謂れはないだろ？」

「前に太宰の台詞を引用してたのに」

「純文学なら読めるけど、古いミステリはあまり理解できないんだよ。『獄門島』なら読んだ。でも疑問だらけだ」

「『獄門島』に疑問がありますか？」

「ああ、しっかりおぼえてる。鬼頭花子の死体の懐には、手紙が入ってたんだろ？鵜飼章三が鬼頭月代に宛てた本物の手紙だ。なのにあとで金田一は寺の和尚が、鵜飼を装った偽手紙を花子に渡したといってる。その偽手紙には、祠で待っているようにと書いてあったから、花子は祠に隠れてたったって。でも最初の手紙と矛盾してるじゃないか」

「いえ。花子が受けとったのは、和尚からの偽手紙だけです。そもそも最初の手紙を盗んだのは、花子じゃなく和尚だったんです。祠で花子を殺したのち、和尚は彼女の懐にあった手紙をすり替えたんでしょう」

「……ああ！」曽埜田が目を丸くした。「なるほど、それなら辻褄が合う。そうだったのか。金田一がちゃんと説明してくれないから……。きみは本当に賢いね。読解力が凄いよ」

棚橋が咳ばらいをした。「盛りあがっているところ悪い。本好きには痺れる話なのかもしれんが、俺にはさっぱりだ。花子なんてグラフィックソフトぐらいしか知らん」

李奈は棚橋にきいた。「森鷗外の小説『花子』をご存じないですか」

「知らんよ。本なんか読まん。そんなに気になるなら、その本を持ってきゃいい」

「いいんですか……？」

「どうせもう警察は調べ尽くしてる。その本も重視されなかったから、ここに置きっぱなしになってるんだ。好きにすりゃいい」

戸惑いをおぼえる。汰柱の遺品は弟が相続したと考えるべきなのだろうか。棚橋の許可を得ても、本当に持ちだせるかどうか確証がない。

棚橋は曽埜田を見つめた。「ところで取材協力費はもらえるんだろうな?」

曽埜田が微笑した。「もちろんですよ。雀の涙ほどですけど、KADOKAWAさんもだしてくれるでしょうし」

李奈はスマホの振動を感じた。とりだしてみると、画面に〝KADOKAWA　菊池〞の表示があった。

奇しくも話題に上ったところで電話が入った。李奈は通話ボタンを押した。「はい。杉浦です」

「もしもし」菊池の声がいった。「杉浦さん。谷崎潤一って人、知り合いか?」

記者会見のようすが自然に想起された。イメタニア社の社長だ。李奈は応じた。「知り合いというわけじゃありませんが……」

「向こうが会いたいといってる」菊池の声が厳かに告げてきた。「『告白・女児失踪』の出版に関する覚書。特別に見せてくれるそうだ」

11

李奈と曽埜田は約束の日、飯田橋駅の改札をでた。古くからある商店街の賑(にぎ)わいのなかを抜けていった。編集プロダクションのイメタニア社は、オフィスばかりの五階建てビルの三階だった。

一基しかないエレベーターを降りる。呼び鈴はグーグルのスマートドアホンだったが、押す必要はなかった。目の前のドアが開放されている。その向こうに、出版社の編集部と見まごう光景がひろがっていた。

事務机がいくつか合わさり、それぞれの島を構成する。どの机の上にも、本や書類が堆(うずたか)く積まれている。みな黙々と仕事に従事するさまは、いかにも編集部然としていたが、異なる雰囲気もある。服装はカジュアルで、髪のいろも自由、若い世代が多かった。インテリア用小物も好き勝手に並べてある。

受付や応接室はないらしい。編集部のみでひとつの小さな会社が成り立つ、それが編プロなのだろう。曽埜田が近くの机にいる女性に声をかけた。金髪のショートで、鼻にピアスをした若い女性が、無表情に立ちあがった。曽埜田が用件を伝えると、女性は奥を指ししめし、どうぞといった。

恐縮しながらオフィスの最深部へと歩いていく。誰もこちらに関心をしめさない。窓際まで達すると、事務机の島から独立し、少し高そうな木製の机が据えてある。記者会見で目にした人物がおさまっていた。

丸顔に無精髭、さらにいまはスーツでなくサマーセーター姿だった。どこからだつのあがらない印象が否めない。李奈たちに視線を向けると、おっくうそうに立ちあがった。

「どうも」谷崎潤一は近くの椅子を二脚引きずってきて、机の向かいに並べた。

接客ソファがない以上、そこが訪問者らの居場所らしい。李奈と曽埜田はおじぎをし、椅子に腰かけた。机を挟んで谷崎と向き合う。

自分の席に戻った谷崎は、引き出しをさかんに開け閉めした。「ええと。覚書ですよね」

まるで役所の窓口のような応対。無駄な喋りがいっさいない。取材に難色をしめされるより、ずっとましではあるものの、かえって距離を感じる。情報の開示を了承してくれた反面、あからさまに心を閉ざしているからだろう。李奈は曽埜田と顔を見合わせた。

「ああ、これだ」谷崎が一枚の紙をとりだした。

差しだされた紙はA4サイズだった。出版契約書もこの大きさだ。ただし出版契約書の場合、複数枚が綴じてあったりするが、これはペラ紙一枚だけでしかない。白紙にプリンターで、横書きに印字してある。

最上段に〝覚書〟とあった。そのすぐ下に右寄せで（甲）と（乙）の署名捺印欄がある。甲は著者の汰柱桃蔵。直筆で記入してあるのは、仕事場の住所とペンネーム。末尾に篆書印が捺してある。乙のほうには、イメタニア社の住所いりゴム印が捺されたうえ、やはり直筆で谷崎潤一の名がある。こちらにも赤い法人印が添えてあった。そこから下は合意の条項が並ぶ。

紙の端には両者の割り印。李奈はきいた。「もう一枚は汰柱さんに渡ったんでしょうか」

「ええ」谷崎がうなずいた。「汰柱さんの仕事場にあったのを、いまは麻布署が保管してます。こっちのも、いちど警察の要請を受け、署に持っていきましたよ。その場で鑑定がおこなわれ、私も立ち会いました」

「鑑定というと……」

「指紋などの検出といってました。あとは署名の筆跡、それから印鑑」

曽埜田が紙に目を落とした。「問題はなかったんですよね？」

「もちろんですとも」谷崎はにこりともしなかった。「詳しくは署にきけばわかるでしょう」

「そうですか。ところで」曽埜田は書面から顔をあげた。「なぜKADOKAWAのほうに連絡なさったんですか。僕の連絡先なら、イメタニア社さんはご存じのはずなのに」

谷崎は妙な顔になった。「え－……。記者会見場で杉浦さんのお顔が目に入ったので、以前の岩崎翔吾さん騒動の記憶もあり、KADOKAWAさんに連絡をとればよいかと」

「僕のことはおぼえていなかったんですか？」

「すみません……。うちで制作した『このミステリーがエグい』、あなたにインタビューしたんですよね？　前に会ったのはおぼえてるんですが、そのう、お名前を失念してしまって……」

「曽埜田璋です」

「ああ、はい。曽埜田さん。失礼しました」

どうやら記者会見場で谷崎が振りかえったとき、李奈のほうが目にとまったらしい。曽埜田は困惑のいろを浮かべたが、李奈は笑いかけた。そもそも曽埜田が谷崎に呼びかけたからこそ、いまふたりでここにいられる。

谷崎がいった。「うちで働いてもらうライター陣とは、こんな覚書すら、めったに交わしません。口約束だけで仕事をやっつけてもらい、報酬を振りこむだけです。汰柱さんの場合、さすがにそれじゃまずいだろうということで、合意事項を文書にまとめました」

李奈は曽埜田とともに、覚書に連なる条項を読み進めた。

乙は甲の小説『告白・女児失踪』を、内容になんら手を加えることなく、書籍出版用の版下として制作したうえで、出版社との出版契約を取り付け、四六判ハードカバーとして刊行する。

乙と当該出版社との出版契約は、乙の裁量に委ねられる。

乙は甲の名付けた書題『告白・女児失踪』を変更してはならない。

乙は甲の原稿の買い取りに際し、報酬金二百万円から源泉徴収後の残金を、甲に振りこむものとする。

報酬金支払いに伴い、小説『告白・女児失踪』の著作権は、甲より乙へ譲渡される。

李奈は驚かざるをえなかった。「印税契約じゃなく買い取りだったんですか？」

谷崎が気まずそうに応じた。「編プロとはそういうものですと汰柱さんに伝えたら、それでもいいとおっしゃったんです」

曽埜田が谷崎を見つめた。「記者会見ではそのことに触れておられませんでしたが」

「話すとまたややこしくなるでしょう。記者がみんな疑いを持ってしまう。でも警察も弁護士も把握してることです」

にわかには信じがたい話ではある。いかにも商魂たくましい汰柱が、みずから印税収入を蹴るとは考えにくい。たった二百万円で原稿を手放してしまうとは。

だがその理由は、つづくふたつの条項から推定できそうだった。

乙は制作に入ってから、四十日以内の書籍出版を、甲に確約する。

乙は小説『告白・女児失踪』出版に際し、守秘義務を負う。出版社が取次に流通を委託、書店への注文募集が開始されるまで、決して本書の内容を世間に公表してはならない。

曽埜田が深刻な面持ちになった。「出版の確約。早期刊行。ぎりぎりまで情報を伏せること。それらが守られるなら、印税じゃなく買い取りでもかまわない。汰柱さんはそう判断したわけだ」

李奈は曽埜田にいった。「本の制作に入ってから、四十日で刊行って。そんなことできるんですか」

「できなくはないけど、よほど儲かる見込みがある場合じゃなきゃ、上が了承しないだろうね。大手ほど難しい。中小の版元ならありうるかも。でもそのうえ守秘義務まで負うとなると……」

すると谷崎がうなずいた。「秘密を漏らすなというレベルじゃないんです。守秘義務ですよ？　覚書にも守秘義務と明記するよう、汰柱さんから頼まれました。うちみたいな編プロを選んだのも、とにかく内容を知られないようにしたい、その一心かららしくて」

条項のなかに、より重い約束事が記されていた。記者会見でも触れられた契約内容だった。

甲が死亡した場合も、乙は予定通り書籍『告白・女児失踪』を制作し、遅延なく刊行する。

実際に文面を目にすると、なんともいえない気分がひろがる。李奈は谷崎を見つめた。「この条項を盛りこんだとき、どう思われましたか」

「汰柱さんから要求されたとおりに書きましたが、そのう、悪い予感はありませんでした」

「……死の可能性について明示されているのにですか」

「たしかに覚書にしては少々重苦しいと思いました。しかし汰柱さんは笑って、独身だからな、そうおっしゃいました。それが汰柱さんの方針なのだろうと解釈しました」

李奈はKADOKAWAの菊池を通じ、小学館や新潮社の編集者にたずねた。汰柱との出版契約書には、著者の死に関する取り決めがあったのか。答えは明白だった。汰柱は過去に、そのような条件を提示したことはない。イメタニア社との覚書が唯一の例になる。

覚書には、議論を呼ぶであろう小説の内容について、責任の所在も明確にされていた。

甲は小説『告白・女児失踪』の全ての文責を負う。内容の一部もしくは全部において、論争や訴訟等が発生した場合、すべての責任は甲にあるものとする。

李奈は谷崎にたずねた。「この条項も汰柱さんの希望ですか？」

谷崎が苦い顔になった。「それは汰柱さんの積極的な申し出ではなく、協議のうえでそうなったんです。うちじゃ大手出版社みたいに、あくまで著者を守るという姿勢を貫くのは、ちょっと無理だと申しあげましてね。なにしろ今回のは露骨に、惣崎亜矢音さん失踪事件を題材にしてたから」

「汰柱さんは執筆にあたり、実際の事件を取材したんでしょうか」

「いや。事件については、報道で知ったていどの認識しかないと、本人もおっしゃっていました。世間の話題になってる事件だから、きっと本が売れるよとも」

「そんなことをおっしゃったんですか」

「なにしろ豪快に笑い、常に自信満々なので、私のほうはうなずくしかありません。汰柱さんに後ろめたさや気まずさなど、まるで感じられませんでした」

曽埜田が谷崎に問いかけた。「この覚書自体、どんなふうに交わしたんですか。電話で摺り合わせたあと、文書を郵送し、署名捺印してもらったとか？」

「いえ。電話は最初だけです。私も半信半疑だったし、汰柱さんと直接会いました。

覚書の内容を詰めるのに二回、この書面を持って一回。署名捺印はそこで交わしました」

「それら三回は、いつどこで会いましたか」

谷崎がため息とともにスマホをいじりだした。「警察にも同じことをきかれましたよ。ええと、四月二十日の午後一時。二十二日の午後三時。最後が二十三日の午後四時。場所は毎回、ホテル雅叙園東京のラウンジです」

「原稿の受け渡し時は……？」

「そのときは会ってません。うちのメアドに、ワードファイルの原稿を添付したメールが送られてきました」

李奈は身を乗りだした。「原稿をすぐ印刷所に入稿したのではなく、こちらでDTPソフトを用い、版下作成までおこなったんですよね？」

谷崎は口をへの字に結んだ。「まあ見てのとおり、うちみたいな規模の会社は、そうするのが当然でしてね。レイアウトも校閲校正もここでやります。印刷所に依頼するのは、製版の段階以降ですよ」

曽埜田がきいた。「どなたが担当されたんですか」

「私です」谷崎はあっさりと答えた。「汰柱さんが守秘義務とおっしゃったので、できるだけ関わる人数を抑えることにしました。何人かの社員には手伝ってもらいましたが、ほとんど私が進めましたよ」

するとと曽埜田が机の上を見た。「文芸書は一冊もないようですが」

「ええ。それがなにか?」

「なにか? 汰柱さんは御社が近代文学を編集してると知り、原稿を託そうとしたんでしょう?」

「そうですよ」

「御社で編集した文学は多岐にわたりますよね。二葉亭四迷や細井和喜蔵、歌川龍平。谷崎さんが社長なら、多少は文学的知識もあるかと」

谷崎は嫌味に受けとったらしい。不快そうな態度をしめした。「著作権の切れた文学を、原文のまま再版するだけです。特に手間のかかる作業ではありません」

「それはつまり、フリーの電子書籍や青空文庫から、データをコピペするだけってことですか」

近くの机の社員らが振りかえった。谷崎は憤りのいろを浮かべた。李奈は寒気をおぼえた。

谷崎が曽埜田の手から覚書をひったくった。「ご用件は以上ですね? すみませんが仕事がありますので」

曽埜田が立ちあがった。「お忙しいところありがとうございました。また取材にうかがわせていただきたいんですが」

「仕事がありますので」谷崎は腰も浮かせず繰りかえした。

李奈はあわてて席を立ち、谷崎に深々と頭をさげた。曽埜田は会釈しただけで、さっさと立ち去りだした。

急いで曽埜田を追いかける。ふたりはイメタニア社の出入口に達した。李奈はもういちど振りかえり一礼したが、曽埜田はただ退室していった。

当惑とともに李奈は曽埜田につづいた。曽埜田はエレベーターをまつのも煩わしいと思ったのか、足ばやに階段を下りていく。

腹立たしげなつぶやきを曽埜田が漏らした。「思ったとおりだ。小説を馬鹿にしてるよ。ここにとって本づくりは、仕事どころかただの作業にすぎない。作家への礼儀もない」

唐突な怒りだった。プライドを傷つけられた、曽埜田はそのように感じたのだろうか。編プロとはいえ出版業に携わる会社なら、小説家にそれなりの敬意を払うべき、そう考えたのかもしれない。

不満はわからないでもないが、なぜそんなに憤るのかは理解できない。彼自身への扱いに加え、汰柱やかつての文豪がないがしろにされ、怒りに拍車がかかったのだろうか。

困った。それが李奈の偽らざる気持ちだった。曽埜田が谷崎にしめした態度により、ここにふたたび取材に来るのが難しくなった。イメタニア社を抜きにしたのでは、おそらく真実にたどり着けないというのに。

12

麻布署の廊下のベンチに並んで座り、声がかかるのをまつころには、曽埜田も冷静さを取り戻してきたらしい。

申しわけなさそうに曽埜田がささやいた。「悪かった。僕のせいでイメタニア社を再訪しづらくなったね」

李奈は思わず笑った。ほっとしたせいで自然に笑みがこぼれた。「ときが経てば、谷崎社長も忘れてくれるでしょう。またふつうに会って話せますよ」

「そうかな」曽埜田は気乗りしない顔のままだった。「それでも僕は、もうあの編プロに行きたくない。きみも行かないほうがいいと思う」

「なぜですか」

「悪い影響を受けるよ。イメタニア社は業界の底辺だ。ごまかしで金を稼げるのが出版業と誤解してる。文学なんて、いい加減なでっちあげだと思ってるし、小説家も詐欺師と変わらないって捉え方だ」

「まさかそこまでは……」

「あそこには害悪しかない。とにかく僕は関わりたくない」

「でも取材に支障があるでしょう」

「小説家はまともな出版社とだけつきあうべきなんだよ。僕もきみもありがたいことに、大手の版元で本がだせてる。あんな編プロの空気を吸っちゃいけない。きっと歪んだ意識が育っちまう」

　曽埜田の性格の表れかもしれない。小説家としての矜持が、イメタニア社への嫌悪感と拒絶の姿勢につながっているのか。

　共感はできないものの、なぜそんな思いが生じるのか、理由はわかる気がする。フリーランスは孤独だ。社会的地位を推し量るとすれば、収入のほかには、取引相手のランクしかない。大手出版社と仕事をすることが、自信と誇りにつながる。そこでべストセラーがだせればなおさらだ。

とはいえイメタニア社との関係悪化は、あきらかに取材の障害になる。曽埜田は偏見にとらわれている、そんな気がしてならない。短気は損気。まさにいまの曽埜田に当てはまる言葉だ。

曽埜田が李奈の不満を察したようにこぼした。「谷崎社長は、なにもかも警察が把握してる、そんな口ぶりだった。こうして署に来て話をきけば、いちばん確実だろ？」

李奈は黙るしかなかった。たしかにそうなのだが……。

ドアが開いた。制服の女性警察官が声をかけてきた。「杉浦さん、曽埜田さん、どうぞ」

李奈と曽埜田は立ちあがった。女性警察官と入れ替わりに、部屋のなかに向かう。室内はやや狭く、病院の診療室を思わせた。壁に向いた事務机がひとつ、ほかはスチール製の棚が埋め尽くす。椅子に腰かけているのはスーツ姿、三十代の男性だった。刑事課の佐竹（さたけ）だとさっききいた。

佐竹は立ちあがらず、さも煩わしそうにいった。「取材をお受けするということではなくて、関係者のかたの質問に応じるだけですが、それでいいですか」

「結構です」李奈はうなずいた。「汰柱さんの仕事場から見つかった覚書ですが……」

仕事場からは大量の書類が押収されていた。事務机にファイルが山積みになっている。佐竹が一冊をとりあげた。ページを繰ったのち、一枚の紙を引き抜いた。「これです。触ってもいいですよ。さんざん調べましたから」

李奈は紙を受けとった。イメタニア社で見たのとまったく同じ覚書だった。汰柱と谷崎、双方の署名捺印がある。割り印はイメタニア社が保存する一枚とつながる。

条項に注意深く目を通したが、すべて前の覚書と共通していた。李奈は佐竹にきいた。「問題ないと判断されたんでしょうか」

「覚書として真正かどうかでしたら、議論の余地はないといえます。捺印ひとつとっても、現代は印影のみならず、捺印時の力のいれぐあいも鑑定されます。どれだけの力がどう加わったか、詳細に分析するんです。棚橋さん……ペンネームは汰柱さんでしたね。本人が捺した印にちがいありません」

曽埜田がきいた。「指紋や汗も検出されたんですか」

佐竹が小さく鼻を鳴らした。「指紋のつきぐあいも鑑定の対象でしてね。ただ紙に触れただけなのか、書面を読みこんで署名捺印したのか、指紋の分布と濃さにより、すべて判定できます。汰柱さんは契約に臨んだんです。染みついた汗、こすりついた皮膚片からも、そう判断できます」

李奈は佐竹を見つめた。「もう一枚も鑑定しましたよね？　谷崎社長が立ち会われたとか」

「ええ。二枚は同時に鑑定したんです。こういう重要な文書は、所有者の目の前で調べ、その場で返却するものです。長期間にわたり預かったうえで、非破壊検査をおこなったりする場合は、同意書など複雑な手続きが必要になります」

「汰柱さんとイメタニア社さんの契約が、しっかり結ばれていたと、警察は確認したわけですね？」

「うちは本庁の依頼を受け、遺留品を調べただけです。この覚書に不審な点はなかったと証明したにすぎません。捜査の意向については本庁におたずねください」

李奈は頭に浮かんだことを質問した。「署名捺印のあと、条項が継ぎ足して印字されたとか、そんなことはありえませんか」

佐竹が微笑した。「推理小説ではそんな真相があったりするんですか」

「いえ……。ただ思いついただけで」

「インクの質と乾きぐあいから、書面のすべてが一回で印刷されたとわかっています。

覚書という表題、署名捺印欄をしめす（甲）と（乙）、その後の条項すべてです。あとで条項を追加印刷したとか、まったくありえません」

「そうなんですか。細かいことまでわかるんですね」

「覚書や契約書の鑑定は重要です。だから発達しています」

「契約が交わされたのは、ホテル雅叙園東京のラウンジだそうですが……」

佐竹がため息とともに、ほかのファイルを手にとった。「そこは本庁が目黒署に依頼し、防犯カメラ映像をチェックしてます。参考までに、うちにもスチルが何枚かまわってきています」

開かれたファイルに写真が貼ってあった。どれも同じ角度で、ホテル雅叙園東京の中庭から、ガラス越しにラウンジ内をとらえている。日時がスーパーインポーズされていた。定点カメラが記録した動画から、三コマを抜粋したとわかる。四月二十日、午後一時十二分。二十二日、午後三時二十一分。最後が二十三日の午後四時十七分。いずれもガラスに面したテーブル席で、汰柱と谷崎が向かいあっている。ふたりの横顔が明瞭（めいりょう）に映しだされていた。

服装は日ごとに変わるものの、三度とも同じ席での商談だった。三枚目は署名捺印している最中らしい。テーブルに立てかけられたメニューの陰になっているうえ、さすがに細かすぎて判然としない。けれども紙の端だけは見える。ふたりとも印鑑を手にしているようだ。

佐竹がいった。「ラウンジのテーブルというのは、書きものに向いていません。高級な物ほど筆圧が表面を凹ませてしまう。目に見えるほどではないのですが、鑑識が光学検査で確認したそうです。二枚の覚書を署名した痕が、このときのテーブルに残っています」

警察の調べは行き届いている。もはや非の打ちどころがない。汰柱桃蔵はみずからの意志で、この出版契約を交わした。そこに疑いの余地はなかった。

ただどうも気になる。写真のなかの汰柱の横顔。満面の笑いがあった。死を覚悟したうえで、告白を小説に綴り、儲けを放棄することで出版に漕ぎ着けた。これがそんな人間の表情だろうか。

李奈は事務机の上を眺めた。「ほかにめぼしい文書とかは……?」

佐竹が答えた。「他社との出版契約書が山ほどありましたが、どれも問題は見あたらず。本棚の書籍も押収、やはりなにごともなし。ゴミ箱のなかには、レ点を打っただけの文庫が何冊かあったものの、なんなのかは関係者への事情聴取でわかりました」

汰柱の悪癖だ。李奈は佐竹にきいた。「仕事場でなく自宅のほうも調べたんですよね?」

「鑑識が隅々まで調べたうえ、そっちの遺留品は早めに返却しました。借家だったので、家主の所有品かもしれないのでね。もちろんなにもかも徹底的に鑑定しましたが」

「寝室にあった『悪霊島』もですか」

「『悪霊島』? ああ」佐竹がまたファイルの山に手を伸ばした。「ライティングデスクに置かれた本ですね。作家の自宅なのに、本はあれ一冊しかなかった」

「なかに赤いボールペンで枠線が書きこんであったんですけど」

「もちろん調べましたよ」佐竹はファイルを開いた。「汰柱さんは一一〇番通報時、『疑惑』の一文を読みあげたうえ、文庫を車内に残していました。よってほかの小説本にも、なんらかの意味があるかもしれず、したがって無視はできません」

「なにかわかりましたか」

「いや。『悪霊島』には汰柱さんの指紋のほか、くしゃみとおぼしき唾液が付着していたので、本人が読んだのはたしかです。赤いボールペンでの書きこみも、汰柱さん自身によるものでしょう。約四十五日前に引かれたものだとわかっています」

「四十五日前？　なら『告白・女児失踪』の執筆中でしょうか」

「意味はまったく不明です。警察はさほど重視していません」

李奈は内心がっかりした。「赤く囲んである箇所は、なにかを示唆してると思いますが」

「さあね。国語の長文読解みたいな問題は、小説家さんのほうが得意じゃないですか？　汰柱さんが読みあげた『疑惑』の一文は、クルマで海に飛びこんだ状況に重なります。しかし『悪霊島』のほうはなんのつながりもない」

つながりがないからこそ気になる。枠線が書きこまれたのが一か月半前ならなおさらだ。汰柱の家にはほかに本がなかった。仕事を自宅に持ち帰らない主義だったとも考えられる。それでも『悪霊島』だけは家に置いていた。そこにはどんな理由があるのだろう。

曽埜田が事務机の上を指さした。「これらはまだ調べるんですか」

佐竹は首を横に振った。「じきに汰柱さんの仕事場に返却します。あそこも賃貸だそうですから、弟さんがどうされるのかは知りませんがね。捜査の軸は町田の路上と空き地、新木場の埠頭に移ります。家に侵入した何者かの素性も追っていきます」

李奈はなおもたずねた。「汰柱さんが前に乗っていたトヨタクラウンですが、ぶつけた痕跡はあったんでしょうか」

「売る前に修理をおこなったのは確認済みですが、女児を轢いたかは……」佐竹は口をつぐんだ。喋りすぎを自覚したらしい。ふいに佐竹が背を向けた。「もういいですか」

「まだといったら、もっと教えてもらえますか」

「無理ですね」佐竹の返事はそっけなかった。「関係者各位によろしくお伝えください。申しあげられることは以上です」

ふいにドアが開き、女性警察官の声がきこえてきた。「駄目です。勝手に入らないでください」

佐竹がぎょっとして戸口を見つめた。李奈も振りかえるや衝撃を受けた。

肩で息をしながら立っているのは、三十前後の女性だった。ブラウスにサマーカーディガンを羽織っている。長い髪は強風のなかを突っきってきたかのように、ひどくかき乱されていた。化粧もしていないが、赤く充血したつぶらな瞳は、李奈の記憶にあった。ニュース番組で観た。惣崎祥子、亜矢音の母親だった。

女性警察官があわてぎみに祥子を連れだそうとする。だが祥子はその手を振り払い、つかつかと佐竹に歩み寄った。佐竹が困惑顔で立ちあがった。

祥子が震える声を響かせた。「汰柱桃蔵さんの家宅捜索をしたのは、こちらの警察署だとききました」

「ええ」佐竹がささやいた。「そうですが、あのう……」

「なにかわかったんでしょうか」

「……すみません。捜査本部はここじゃなく、町田署のほうでして」

「知ってます。陣頭指揮をとってるのは警視庁の人ですよね？　家宅捜索は麻布署が担当したと」

「それはたしかですが、われわれは上からの指示に従って動くだけです。情報は捜査本部のほうにまとめられますので、そちらからの報告をおまちいただけませんか」

祥子は事務机の上に目を走らせた。「押収した物ですか」

「はい。あのう、惣崎祥子さん。刑事課の佐竹と申します。捜査のほうはどうか、警察に一任していただき……」

いきなり祥子がファイルを数冊つかみあげ、手荒に書類をめくりだした。

佐竹が血相を変え制止にかかった。「やめてください！　触ってはいけません」

女性警察官も祥子の手からファイルを奪回しようとした。「ただちに置いてください。問題になりますよ」

祥子は全力で拒絶した。「嫌です！　どうしてわたしが見ちゃいけないんですか。わたしの目でたしかめます」

　李奈はなにもできず、ただうろたえるしかなかった。曽埜田も同様の反応だった。へたに手はだせない。

　喧噪は開放されたドアから、隣りの部屋まで響き渡ったようだ。私服と制服が駆けこんできた。みな祥子からファイルを取り戻そうと群がる。狭い室内は混乱の様相を呈した。

　なおも祥子は身をよじって抵抗していたが、その目が李奈に向いた。必死の形相で祥子が呼びかけてくる。「助けて。手を貸して！」

　佐竹が李奈を一瞥してから、険しい表情で祥子にいった。「彼女たちは取材で来ているだけです」

「取材？」祥子は目を剝いた。ファイルから手を放すと、カーディガンのポケットをまさぐった。「ならここに……。ここに連絡してください。マスコミの方なら伝えたいことがあるんです」

　祥子は一枚のメモ用紙を李奈の手に握らせた。間近で李奈を見つめる祥子のまなざし。まさに死にものぐるいといえるほどに、瞳孔が開ききっていた。

私服と制服らが祥子を李奈から引き離す。祥子が暴れながら泣きわめく。ひたすら言葉にならない声を発しつづける。だが警察官の群れはほどなく、祥子を廊下に連れだしていった。叫び声が徐々に遠ざかる。

李奈は茫然(ぼうぜん)とたたずんだ。身体の震えがおさまらない。

人の取り乱すさまを、何度か小説に書いた。だがそれは演技を思い描き再現しただけの、二次的な描写にすぎなかった。いまになってそのことを痛感する。惣崎祥子はなりふりかまわない態度をしめしていた。理性を失っているとか、そんな単純なものではない。あのすがりつかんばかりに救いを求める目。思いが胸に突き刺さるようだった。

あれが幼い娘を失った母親の心情。想像とはまるでちがう。悲哀などという単純な言葉では形容しきれない。ただひたすらに激しい。

曽埜田がきいた。「だいじょうぶか?」

李奈はぼんやりと我にかえった。手のなかにはメモ用紙がある。丁寧な字で、町田の住所と電話番号が書かれている。マスコミ関係者に渡すべく、常に用意していたのだろう。

室内に居残る警察関係者は佐竹ひとりだった。佐竹は憤然としながら、乱れたスーツの襟を正すのに忙しい。

「あのう」李奈はメモ用紙をしめした。「これはもらっても……？」

佐竹が迷惑そうな目を向けてきた。「警察としては、とりあげる権限を持ちません。できれば置いていってほしいですが」

李奈は黙って立ち尽くした。取材すべきか否か、そこを迷っているわけではない。進むべき道ははっきりしている。だからこそためらいが生じる。惣崎祥子の心に踏みいるのが怖い。

13

李奈は代々木八幡駅の近く、那覇優佳が住むマンションの一室に来ていた。

2DKのうちひと間が仕事場になっている。ただし優佳はいまデスクに向かっていない。李奈や曽埜田とともに、フローリングの床に腰を下ろし、低いテーブルを囲んでいた。三人でゲラを読みふける。再来月に東伝社で刊行される、那覇優佳の新作『緊迫のトマトとマヨネーズ』、その初校ゲラだった。

前に優佳は李奈のゲラ直しを手伝ってくれた。きょうはその恩がえしでもあった。

著者が自分で見直しただけでは、誤字脱字や矛盾点を見つけきれない。出版社側でも、編集者と校閲スタッフがチェックするものの、複数のミスが残るのが常だ。ひとりでも多くの人間が読めば、原稿の完成度が高まる。

ゲラはA4サイズ、本の見開きごとに一枚ずつコピーされた、百五十枚ほどの紙の束だった。三人はそれらを三分の一ずつ手にし、まわし読みしながら校閲していた。

曽埜田がゲラに目を落としたまま、優佳にきいた。「これ最後の五章ぐらい徹夜したんだろ?」

優佳が顔をあげた。「わかる?」

「ああ」曽埜田が手もとのゲラを差しだした。「漢字の変換まちがいが急増してるよ。校閲スタッフのエンピツも直しきれていない。ここ、〝悪業〟は〝悪行〟。〝陰語〟じゃなくて〝隠語〟」

李奈もゲラを提示した。「これもじゃない? 〝一敗血にまみれ〟」

「あー」優佳が顔をしかめ、赤いペンを走らせた。「〝地〟だね。ほんとどうかしてる」

曽埜田が頭を掻(か)いた。「とはいえ編集部側の直し漏れも多いな」

優佳はうなずいた。「凡ミスが多い編集者っているよね。校閲スタッフもバックアップしきれないレベルの」

「たまにいるな」曽埜田が苦笑した。「でもたいていそういう編集者は、斬新な宣伝プランを営業に提案したり、扱いをよくするため上にかけあってくれたりする」

李奈はきいた。「そうなんですか？」

「そう」優佳が同意をしめした。「男の編集者の場合、原稿の直しが不充分な人は、人脈が多くてイケメン。そっちで地位を保ってるからだろうね」

曽埜田がからかうようにいった。「女流作家としちゃ悩むところだよな」

優佳はぼやいた。「角川文庫なら菊池さんだから、こんなことにはならないんだけどなー」

「ちょっと」李奈は思わず笑った。「そんなことといったら悪いって」

「悪くないよ。一長一短って話だし。李奈も担当が菊池さんだから、実感できるでしょ？　直しが丁寧」

「まあたしかに……。でもノンフィクション本になると微妙かも」

「なんで？　まだ原稿には取りかかってないんでしょ？」

「そうだけど……。取材には強い後ろ盾がほしいのに、なんだか頼りなくて」

曽埜田が同感だという顔になった。「僕のほうもそうだよ。蓬生社は大手じゃないからよけいに」

優佳がゲラをテーブルに置いた。「取材自体は？　進んでるの？」

李奈は曽埜田と顔を見合わせた。意識するだけで緊張が生じ、自然に及び腰になる。李奈はささやいた。「来週の頭、惣崎祥子さんの家に行く約束をとりつけた」

「祥子さんって、亜矢音さんの母親？　マジ？　すごいじゃん」

「ちょっとした成り行きで……。でも会ったらたぶん、同情するばかりになって、ろくに質問できなそう」

「それじゃ取材の意味ないでしょ。先に質問を考えといたら？　『告白・女児失踪』を読んで、疑問点とか見つからない？」

疑問点ならいくつもある。『告白・女児失踪』の後半、〝わたし〟なる女児の一人称で綴られた章に多い。

当初はなぜ汰柱が、惣崎亜矢音の生い立ちから近況にまで詳しいのか、そこが不可解だった。しかし『週刊文春』や『週刊新潮』、『週刊現代』、『週刊ポスト』がそれぞれ、亜矢音に関する記事を掲載したのがわかった。安否が不明だったころは、母親の惣崎祥子も、娘の情報の開示に積極的だった。それらの記事をまとめれば、〝わたし〟の章は充分に執筆可能だった。

しかし奇妙なところがあった。李奈はいった。「事件が起きる一か月前、保育園の近くで火事があった。母親の祥子さんは心配して、園長先生に電話してる。園長先生はスマホをビデオ通話に切り替えて、みんなの無事を知らせた。祥子さんは亜矢音さんと会話をした。ほのぼのとした会話が週刊誌の記事に載ってる」

優佳がたずねた。「それのどこが疑問点なの？」

「『告白・女児失踪』にもこのくだりが書かれてるけど、ビデオ通話じゃなくラインのやりとりになってる。無事ですかと祥子さんから問いかけられ、園長先生はラインに静止画を添えて送信した」

曽埜田がつぶやいた。「おかしな改変だな。事実とちがうんだろ？　やりとりの内容まで異なっていたとか？」

「いえ。ビデオ通話の会話をラインに置き換えただけです。双方のセリフは汰柱さんの創作だけど、方向性はおおむね週刊誌の記事どおり。なぜわざわざラインに改変したのかわからない」

「たしかに奇妙だ。疑問点はそこだけか？」

「ほかにもあります。同じ園長先生の操作で、亜矢音さんは母親の誕生日に、動画メッセージを贈ってる。でも『告白・女児失踪』では直筆の置き手紙になってる」

「文芸の場合、そのほうが伝わりやすいからか。ビデオ通話より文章で会話するライン、動画より置き手紙。小説家っぽい発想だな」

優佳が戸惑いをしめした。「だけど現実のできごとを伝えるのに、表現方法を優先した改変なんて」

同感だった。李奈は思いのままを口にした。「想像で補うにしても、事実に立脚すべきだし、そうでなきゃ意味を失う。なぜ状況を変更する必要があったのかな。それに……」

「まだほかにあるの？」

「女児の〝わたし〟には、見ず知らずの中年男である〝私〟と同じ癖がある。あくびが常に二回だったり、右手で頬をさすったり、唇を尖らせたりする」

「ああ。前に読んだとき気になってた。たしかに〝私〟と〝わたし〟の両方に、そんな仕草の描写がよくでてくるよね。ほかの登場人物にはないのに」

「〝私〟と〝わたし〟に、遺伝的つながりがあるという示唆と解釈できる。そう気づいてから読みかえすと、物語の持つ意味がちがってくる」

「どんなふうに？」

「〝私〟は別れた女への復讐心にとらわれていた。女は既婚者だったが、ふたりのあいだには愛があると信じた。女児の〝わたし〟を見かけたとたん、大人びた目つきから、あの女の娘だと気づいた。女児を苦しめたいという自分の性癖の理由を、そのとき自覚した。いま機会が訪れたことを運命に感じ、吸い寄せられるように〝わたし〟を轢いた」

「そんなことが書いてあった？」

「読みとれるってだけ。きわめて文芸的なほのめかしだし、二度読むと意味が変わってくるっていう、いかにも小説ならではの仕掛けといえるの。汰柱さんが『告白・女児失踪』を小説ととらえていた、その証じゃないかと思う」

「上手に書けてたとしても不謹慎よね。犯人が惣崎祥子さんと不倫関係にあったと匂わすなんて」

曽埜田が顔をこわばらせた。「まさか汰柱さんと祥子さんは本当に……？」

李奈は激しく首を横に振った。「そんなことがあるわけありません。警察はどっちの身の上も徹底的に調べてます。祥子さんが結婚したのは八年前、その後離婚するまで、浮気の噂ひとつなかった」

「ならとんでもない改変だな」

「そうです。あくまで小説にすぎないと主張しても、現実の事件に基づいてる以上は悪質。問題作として騒がれるための、炎上狙いだったかもしれないけど……」

「実際に本の記述どおりに、遺体が見つかってるしな」

優佳の顔に翳がさした。「なるほど。こりゃ惣崎祥子さんに取材するとしても、憂鬱な気分になるよね」

「まだあるの」李奈はいった。「後半の章で〝私〟は、鳥海裕也という男と出会う。駅でちょっとしたトラブルが起きて、そのきっかけで知り合ったにすぎないけど、鳥海は〝私〟に人生の助言をいくつかあたえて去る」

曽埜田が額に手をやった。「ちょっとまて。そこはたしかに読んだけど、いま思いだしたぞ……。鳥海裕也ってのは、汰柱桃蔵の別の小説の主人公だ。たしか『西新宿の渦』の」

「そのとおりです。四十代半ばでハンサム、達観した物言い。人物造形も『西新宿の渦』のまま。登場は数ページにすぎないけど、鳥海の助言を曲解した〝私〟が、いっそう性癖の泥沼に嵌まりこんだことになってます」

優佳が唖然とした表情になった。「ほかの小説の登場人物を客演させたの？　現実に立脚した物語に？　もう不謹慎どころじゃなくない？」

曽埜田が嫌悪をあらわに吐き捨てた。「やばいな。汰柱さんの頭のなかで、現実と虚構がごっちゃになって、倫理観も吹き飛んじまったとか……?」

李奈は天井を仰いだ。あらためて言葉にすると、作品に秘められた異常性が、克明なまでに浮き彫りになってくる。いったい『告白・女児失踪』とはなんなのだろう。汰柱は作品の発表を通じ、なにを世に問いたかったのか。

14

講談社ラノベ文庫の新刊、『その謎解き依頼、お引き受けします ~幼なじみは探偵部長~』の発売まで、残すところ三週間を切った。そちらの状況もほうっておくわけにいかない。

李奈は講談社に呼びだされた。夕刊フジの『今月の一冊』欄のインタビューを受けるためだ。担当編集者の松下登喜子は、インタビューの依頼が入りましたと伝えてきたが、実際にはこういう場合、版元側から売りこんでいることが多い。でなければ毎月大量に出版されるラノベに、いちいち興味をしめしてくれるスポーツ紙などない。講談社の力をもってしても一社のブッキングが精いっぱい、それが李奈の置かれた現状らしい。

なんとインタビュアーは、このあいだ外神田三丁目で会った、五十代のフリー編集者だった。浦辺抄造はライター業も兼ねていて、あちこちのコラムやエッセイを担当しているという。李奈のラノベ新刊もしっかり読んだうえで、詳細にわたり質問してきた。父親より年上のインタビュアーに対し、李奈はひたすら恐縮しながら受け答えをした。

インタビューが終わると、浦辺は微笑とともに会釈し、退室していった。担当の登喜子からは、予想どおりの報告があった。新刊の予約状況は芳しくないものの、まだどうなるかわからない、そんな内容だった。李奈は複雑な気分ながら、ひとまず笑顔を取り繕い、礼をいって部屋をでた。

エレベーターに乗るやため息が漏れる。どうすればもっと多くの人々に読んでもらえるのだろう。王道のラブコメが流行りだしているときいたが、そういうプロットを提出しても、編集部に採用してもらえない。読者と感覚がずれているのだろうか。まともな恋愛をしてこなかった、そんな過去が響いてきている。思いかえせば本とにらめっこしてばかりの十代だった。

エレベーターの扉が開いた。やたら広く明るいロビーに向かうと、浦辺が立っていた。李奈をまっていたようでもある。遠慮がちに頭をさげてくる。

李奈もおじぎをかえしながらきいた。「どうかなさったんですか」

「いえ……」浦辺は薄くなった頭頂部を掻いた。「ちょっと話したいことがありまして。お急ぎですか?」

「いえ。だいじょうぶですけど」

「よかった。掛けませんか」

吹き抜けの空間は、採光の全面ガラス張りに面していた。受付のカウンターがあるほか、いたるところに待合用の椅子が存在する。李奈が腰かけると、浦辺が隣に座った。

カバンをまさぐっていた浦辺が、一冊の本をとりだした。「これをご存じですか」古い四六判の単行本だった。『雨の日には車をみがいて』五木寛之著。李奈は正直に答えた。「初めて見ました……」

「でしょうね」浦辺が穏やかにいった。「角川書店から発売されたのは、昭和の終わりごろです。とっくに文庫化されてますが、私はこの本が好きでしてね。何度となく読んでます」

李奈は受けとった本をぱらぱらとめくった。「どんな内容なんですか」

「短篇集です。恋愛ものの」

「へえ……」

「一話ごとにクルマを乗り換えては、新しい女性とつきあうさまが描かれています。私の若いころは、それが憧れのライフスタイルだったんですよ。女性を誘うために、できるだけかっこいい外車に乗って、デートがてら街を流すという」

「そうなんですか。でもこれがなにか……？」

「ああ、失礼しました。私は汰柱氏と年齢が近いので、クルマに対する考え方も似通っているといいたかったのです。フリー編集者の私には、高級外車など維持できませんが、汰柱氏はちがいます。豊かな暮らしを送るようになったとたん、トヨタクラウンからベンツSクラスに乗り換えたのは、私の世代にしっくりきます」

「いまもクルマにお詳しいということでしょうか？」

「そのとおりです。最新のベンツSは常に羨望の的です。若い人はSUVばかり選ぶでしょう？　ベンツでいえばGやGLBになります。でも私たちにとってのベンツとは、Sクラス以外のなにものでもなくて」

声が弾んでいる。クルマ談義が好きなようだ。李奈はSクラスが、最上位の大型セダンである、それぐらいしか知らなかった。

浦辺が前かがみになり、ひそひそと告げてきた。「いいですか。いまのベンツにはディストロニック・プラスという機能がついてます。まあ近ごろの日本車にも、同じ仕組みが装備されてるんですが、簡単にいうと前のクルマとの車間を維持しながら、自動的に速度を調整し、走ってくれるんです」

　李奈は運転免許を取得していない。クルマにも疎かった。「勝手に加速したり、減速したりするんですか」

「そうです。具体的には走行中、レバーを上にいれると、以後はその速度を維持してくれます。前方に障害物が迫ると減速。行く手を阻む物がなくなれば、最初にレバーをいれたときの速度まで加速します」

「停まりたくなったら？」

「ブレーキを踏めばディストロニック・プラスは解除されます。でもいったん解除したあとも、レバーを手前に引きさえすれば、さっき記憶した速度に戻るんです。この意味わかりますか？」

「あまりよくは……」

　浦辺が根気強く説明してきた。「事件の夜、ベンツSクラスは湾岸線を新木場まで走ったんですよね。高速道路上でディストロニック・プラスを機能させれば、かなりの速さが記憶されます。埠頭に停車後、レバーを手前に引けば、アクセルを踏まなくても、クルマは勝手に走りだし、たちまちその速度に達するのです」

「車内にいたのは汰柱さんひとりですよ？」

「犯人は車外に降り、サイドウインドウから手を差しいれ、レバーを引いたのかも」

「汰柱さんがブレーキを踏むでしょう」

「眠っていれば無理です」

「それはどういう……？」

浦辺はふと気づいたような顔になった。「ひょっとして、杉浦さん。まだニュースを観ていない？」

「ニュースですか？」李奈はスマホをとりだした。そういえばインタビューに備えるのに忙しく、ここに来る電車のなかで、ネットニュースをチェックするのを忘れていた。

ヤフーのトップ記事の見出しがでた。〝汰柱桃蔵さん遺体から睡眠薬検出〟。

警視庁はきょう、故・汰柱桃蔵さん（享年56）の体内からアルコールのほか、睡眠薬の成分が検出されたことをあきらかにした。中枢神経系における抑制性神経伝達物質に作用する非ＢＺＤ系睡眠薬で、精神科医に不眠をうったえるなどした場合、比較的処方されやすいという。汰柱さんが薬を服用した時期は、クルマが海中に没する約一時間前から直前とみられる。埠頭で汰柱さんが眠っていたかどうかは未確認とされる。

ちょっと目を離した隙に、新たな情報が追加されていた。李奈の立場は一般人と同じだった。ニュースを観なければ大災害の発生すら気づけない。

それにしても予想外の事実だ。李奈はつぶやいた。「なら埠頭まで運転したのも……」

浦辺がうなずいた。「汰柱さんとは限りません。眠らせた汰柱さんを乗せ、犯人がハンドルを握ったのかも」

「でも眠ってたのなら、埠頭からの通報は無理じゃないですか？」

「完全に眠っていなかったら？　朦朧（もうろう）とした意識だからこそ、小説の一節を読みあげさせたとも考えられます。ずいぶんくぐもった声だったでしょう？」

小説家はアナウンサーではない。朗読に不慣れであれば、ぼそぼそとした喋（しゃべ）りになって当然ではないのか。李奈はスマホから顔をあげた。「半分眠りかけてる汰柱さんを運転席に座らせ、犯人は車外に立ち、ええと、ポジトロニック・ブレインのレバーを引いて……」

「アシモフのSF小説じゃないですよ。ディストロニック・プラスです」

「ああ、はい。それです。レバーを引けば走りだすんですよね？　しかもすぐ高速道路と同じぐらいのスピードに達すると。でも汰柱さんはブレーキを踏もうとするでしょう」

「意識はあったかもしれませんが、睡眠薬が効いて、足を浮かせることもできなかった」

「……小説の朗読はなんとかできても、ブレーキを踏めないぐらいの脱力状態ですか？　犯人にとって、そこまで好都合な薬効が生じるでしょうか？」

「小説を読ませたのは、睡眠薬の服用を強制する前だったかもしれません。きのうの新聞記事にありました。音声メモをオンにして記録したデータは、別の通話中に再生しても、録音とは識別しづらい。スマホの個体独特に生じるノイズや反響が、まったく同一だからだそうです」

アクセルを踏まずとも、レバーひとつでクルマが猛スピードで走りだす。そんな仕組みを警察が把握していないはずがない。可能性はすでに考慮されているだろう。

Sクラスはブレーキペダルを踏まなければ、エンジンがかけられない仕組みらしいが、そこまで走ってきたまま、エンジンを切らずアイドリング状態だったとすれば問題ない。朦朧としていた汰柱を運転席に座らせ、レバーを引くだけだ。他殺の可能性は充分にある。

「杉浦さん」浦辺はいっそう声をひそめた。「このあいだ私と一緒にいた顔ぶれをおぼえていますか。文芸評論家の緑川さんと、校閲スタッフの岸田加代さん」

「もちろんおぼえてます」

「緑川さんはあれ以来、岸田さんに頻繁に連絡をとってるみたいですよ。食事に誘おうとするらしくて、岸田さんは迷惑してるとか」

どうとらえていいのかわからない。李奈は当惑とともにいった。「個人間のことでしょうから……」

「いや。それがちがうんです。緑川さんは岸田さんに、誰か知り合いの編集者を紹介してもらおうとしてるんです。かつて汰柱さんから、SNSでやりこめられたのが悔しくて、反論を綴った本を出版したがってるようで」

ますますどうでもよくなってきた。李奈は首を横に振った。「亡くなった人への遺恨に、ほかの誰かを巻きこむのもどうかと思いますが、岸田さんもその気がなければきっぱり断るでしょう」

「緑川さんは少々しつこいんです。私も汰柱さんに対し、よい感情を持っていたとはいいがたいですが、彼ほど根に持ってはいません。それも裁判を起こされた私とちがい、緑川さんは単なるSNSの炎上騒ぎですよ」

　本音では浦辺も汰柱に対し、許しがたい思いを引きずっているのだろう。超然とした態度を装いながら、騒動の拡大を願っているふしがある。

　同調する気にはなれなかった。李奈は本を返そうとした。「報道を詳しく検証しなきゃなりませんので、早めに帰らないと……」

「その本、どうぞお持ちください」

「いいんですか？」

「ええ。何冊も持っているんです。帰りの電車内での暇つぶしにどうぞ」

「ありがとうございます」李奈は腰を浮かせた。「では……」

　浦辺も立ちあがった。「杉浦さん。ノンフィクション本、今度こそ売れますよ。成功をお祈りしています」

　なにかが胸にひっかかる。李奈は浦辺を見つめた。「売れることが成功でしょうか」

「そりゃそうでしょう。思うに前回のノンフィクション本は、いろんな人に配慮しすぎていたと思います。誰も傷つけないように書こうとするあまり、真実がぼやけてしまった」

フリーの編集者として忠告したつもりらしい。心にわだかまりが生じる前に、李奈はささやいた。「お気遣いありがとうございます。でもわたしにとっては、書きあげることだけが目標なので」

浦辺はまだなにかいいたげに口を開いた。けれども李奈は浦辺に背を向け、エントランスへと歩きだした。

執筆を終えたときの自分の姿は想像もつかない。すなわちまだそこまで成長していない。未知の領域に達すればそれで本望だ。本の売れ行きはKADOKAWAが心配すればいい。

15

午前十一時、町田の空は晴れていた。厚木街道から南つくし野のほうに歩くと、綺麗な街並みの住宅地がひろがる。新旧の家が織り交ざるなか、老人ホームの看板も見える。そこから少し離れて、かなり古びた小ぶりな二階建てがあった。土地の面積は二十坪弱か。中古で購入、あるいは借家かもしれない。

李奈と曽埜田は惣崎家を訪ねた。玄関先の庇の下に、自転車が停めてある。前にカゴ、後ろにチャイルドシートが装着してある、いわゆるママチャリだった。
　亜矢音の母親、祥子はよそ行きの服で応対してくれた。きょうは落ち着きを取り戻し、化粧もうっすら施している。とはいえ目は虚ろで、疲労感が漂っていた。

　家のなかに案内される。一階六畳の和室が居間らしい。仏壇に亜矢音の遺影が飾ってある。無邪気な笑顔だった。李奈は遺影に手を合わせた。曽埜田も同じようにした。

　部屋のなかはきちんと整頓されている。大きな書棚があり、本がぎっしり詰まっていた。なんと筑摩書房の『世界古典文学全集』が箱におさまり、何段にも並べてあった。

　箱を見るかぎり保存状態がいい。一九六四年刊の第一巻、ホメーロスの『イーリアス』『オデュッセイア』に始まり、全五十四巻が網羅されているようだ。途中『論語』もあれば聖書も、シェイクスピアも含まれる。まさに各国の古典の集大成だった。

　祥子が盆にティーセットを載せ、静かに入室してきた。

　曽埜田が頭をさげた。「恐れいります。どうかおかまいなく……」

　李奈は祥子を振りかえった。「読書がお好きなんですか」

「……ええ」祥子はティーカップを卓袱台に並べながら応じた。「父は昨年亡くなりましたが、国語の教師でした。それは父の遺品です」

小学館の『昭和文学全集』全三十六巻、集英社の『ラテンアメリカの文学』全十八巻もある。置きっぱなしには思えない。取りだしやすい適切な配置に見受けられる。

李奈はきいた。「どこまでお読みになりましたか」

「順不同なんです。『世界古典文学全集』はシェイクスピア六冊と『千一夜物語』四冊、ゲーテの『ファウスト』は読みました。『昭和文学全集』は十五巻と十七巻」

「読書家ですね」

「趣味にお金をかける余裕はないんですが、読書仲間はおりますので……」

李奈は書棚を眺めるうち、ふと最下段に目をとめた。一冊抜けているようだ。『世界古典文学全集』のうち、第四十九巻、ルソーの『告白』がない。

『告白』だけが消えている。なにか理由があるのか。『告白・女児失踪』を連想させる背表紙を見たくなくて、どこかに隠したとか……。

「あのう」祥子が遠慮がちに呼びかけた。「よろしいでしょうか。杉浦さん」

李奈と曽埜田の名は、すでに電話で伝えてあった。祥子は畳の上に正座し、あらたまった態度でこちらを見ている。李奈もそれに倣い、祥子に向かいあった。

祥子のやつれた顔が李奈に向けられた。「お呼びだてして、大変申しわけありません。でもお伝えしておきたいことがありまして」

「どんなことでしょうか」

「マスコミ全般にも申しいれたのですが、今後取材という名目のことは、いっさい遠慮していただきたいのです」

曽埜田が困惑顔でいった。「あのう。僕たちは……」

「ええ」祥子はささやいた。「おききしました。ノンフィクション本を執筆なさるとか。でしたらなおのことお願いします。事実と称する私見を、活字で綴るのはお控えください」

沈黙が漂う。李奈は曽埜田を見た。曽埜田も無言で李奈を見かえした。

事実と称する私見を活字で綴る。祥子が『告白・女児失踪』に胸を痛めた、それはあきらかだった。マスコミの各媒体に対しても、きっと迷惑に思っていたにちがいないが、とりわけノンフィクション本への反発を強くしている。

『告白・女児失踪』が出版され、もう一週間が過ぎていた。トーハンと日販、二大取次の週間ランキング一位を記録、各書店別ランキングでも同様だった。ネット書店では売り切れにともない、高値のプレミアまでついている。

当分はこの販売状況がつづくだろう。今年最高のベストセラーになることは、まず疑いの余地がない。惣崎祥子が嫌悪と不信感を抱くのも当然だった。

「あのぅ」李奈は言葉に迷いながらいった。「お気持ちはお察しします。けれどもわたしたちは、ほかの媒体ではねじ曲げられがちな真実を、可能なかぎり伝えられないかと……」

「可能なかぎり?」祥子はうつむきながらこぼした。「すでに限界があると自覚してるじゃないですか」

室内は重い静寂に包まれた。曽埜田が目を泳がせる。李奈も口ごもったまま押し黙った。

祥子の小声が低く反響した。「わたしは本が好きです。好きだからわかることがあります。活字をたしなむのは、話をきく喜びに似ています。言葉に刺激を受け、自分なりの想像と解釈のもとに、共感や感銘を得る……。そのぶん事実の写し取りには向いていません」

李奈は戸惑いとともにいった。「惣崎さん……。文章だからこそ偏見や先入観を取り払い、心に直接うったえかけられる、そんな長所もあるはずです」

「四角く切り取られた映像にも、もちろん問題はあります。でも本については、わたしも愛するがゆえ、よくわかるんです。あなたがたが感じているように、限界があります。活字による報道は、それしか伝達手段がなかったころの名残です。まして本なんて……」

　このままでは拒絶される一方だった。もっと直截にうったえるしかない。李奈は語気を強めた。「わたしは汰柱さんの書きようを、けっして好ましいものとは思いません。あれに追随するような本をだそうとしているのではないんです」

「亜矢音は……。まだ字もほとんど読めないのに、よくわたしの真似をします。本を開き、読書にふける素振りをしては、わたしの関心を引こうとする。そのとき思ったんです。わたしは読書に逃げればよかった。でも亜矢音には逃げ場がなかったんだなって」

「惣崎さん……」李奈は胸を詰まらせながら、かろうじて声を絞りだした。「どうか……」

「亜矢音がいなくなるまで辻交差点を、わたしは自転車で何度も行き来しました。保育園への送迎もあったし、買い物もしなきゃならなかった。でもあれ以来、いちども通っていません」

　祥子はずっとうつむいたまま、ぼそぼそと言葉を漏らす。李奈は困惑とともに書棚を眺めた。読書を通じ、祥子が理解したのは、情報伝達の限界だけか。そうではないはずだ。

李奈はささやいた。「わたしに世界の文豪のような表現力は、とても無理ですけど……。惣崎さんが文学に触れて、初めて感じられたこともあったはずです」

「いえ」祥子の顔はあがらなかった。「事実を淡々と綴ろうと、叙情あふれる表現で描写しようと、活字は読む者をわかった気にさせるだけです」

「ですが……」

「杉浦さん。読書時に浮かんでくるものは、記憶を頼りにした光景にすぎないでしょう。人それぞれちがいます。活字は誤解を生みます。どうかわたしと亜矢音のことは、もうほうっておいてください」

静かな物言いではある。だが対話をきっぱりと拒む、そんなひとことだった。祥子は深々とおじぎをすると、盆を手に立ちあがった。無言のままゆっくりと部屋をでていく。

室内には李奈と曽埜田が残された。ふたりが自分の意思で帰ろうとするまで、祥子はもう現れない。きっとそのつもりだろう。

曽埜田の弱りきった目が李奈をとらえた。「杉浦さん。どうする？」

立ち去るしかない。李奈は唇を嚙んだ。理解を得られないまま、ここをあとにするのは辛い。けれども幼い子を失った母親を、これ以上苦しめられない。

16

李奈は曽埜田とともに、亜矢音が轢かれたとされる現場、町田市辻交差点を訪ねた。予想より規模の大きな交差点だった。高架を走る厚木街道、そのガード下。厚木街道の側道と町田街道、幹線道路どうしが交わっている。周りは市街地で、角には輸入車のディーラーやマンションがあった。歩道はかなりの幅を有し、道沿いの植えこみが緑を添える。

昼下がりだがあまり交通量は多くない。時間帯によって変わるのだろうが、いまは歩道にもひとけがなかった。偶然誰の目にも触れない数分間が、ここなら生じうる。そう感じさせる環境だった。

町田街道を渡るための横断歩道、そのわきの植えこみに、大量の花が供えられていた。ここが現場だと『告白・女児失踪』に書いてある。出版後、警察も内容が事実だと認めた。路面から惣崎亜矢音の血液が検出されている。ＤＮＡ鑑定で本人だと証明済みだという。

曽埜田が町田街道の果てに目を向けた。「あっちから走ってきて、蛇行して……。

いったん横断歩道の手前に停まった。この横断歩道を亜矢音さんが渡っているのを見て、急発進して轢いた……」

「ええ」李奈は憂鬱(ゆううつ)な気分でうなずいた。「『告白・女児失踪』の記述どおりなら」

「人がぶつかれば車体に痕跡(こんせき)が残るだろ? 板金修理の職人が気づくんじゃないのか」

「わたし日曜日に、板金屋さんを取材してきたんです。小さな子供を轢いたのなら、頭や胴体が当たった凹(へこ)みが見てとれるだろうって」

「板金屋の知り合いがいたのか?」

李奈は苦笑した。「宮宇編集長が愛車を家の門柱にぶつけたから、そのときにお世話になった板金屋さんを紹介してくれたんです。もちろんこの事件とは無関係の業者さんだけど、ノンフィクション本の記述を詳細にするために、専門家の意見をきいたほうがいいって勧められて」

「人を轢いたらしいクルマが、修理に持ちこまれたとしたら、板金屋は警察に通報するのかな」

「その板金屋さんによると、轢き逃げ事件があった場合、警察からメールやファックスが届くそうです。該当するような車両が入庫したら、通報することもあるとか。でもなんの情報もなければ特に疑いもせず、修理に入るだけだって」

「あきらかに不自然な凹みぐあいだったり、髪の毛が挟まってたりしてた場合も？」

「髪の毛が挟まってたら、さすがにどうかわかりませんけど……。衝突の対象物までは特定できなくとも、硬さやおおまかな形状ぐらいはたいていわかるとか」

「だろうね。ベテランの交通事故鑑定人が書いた本にも、そんな解説があった」

横断歩道が青信号になった。右折してきたワンボックスカーが、横断歩道の手前で一旦停止した。李奈と曽埜田が渡ると思ったらしい。歩行者が渡ろうとしているのを妨げれば、ドライバーのほうが違反になってしまう。李奈は戸惑いがちに横断歩道から離れた。曽埜田も同じようにした。紛らわしい態度はドライバーの迷惑になる。

李奈はさっき気づいたことを口にした。「惣崎祥子さんの家にあった『世界古典文学全集』、第四十九巻だけなかったんですけど」

沈黙がかえってきた。曽埜田は物思いにふけっていたらしい。ふと我にかえったようにきいた。「なんだって？」

「第四十九巻だけ書棚にありませんでした」

「そうだった……のか？　四十九巻。なんの本だろう」

「ルソーの『告白』です」

「おぼえてるのか?」

「筑摩書房の全集は有名ですし……。『告白・女児失踪』と、なにか関係があるんでしょうか」

「『告白』って題名を見たくなくて、しまいこんだんじゃないか?」

「やっぱりそう思いますか。わたしもさっきそんなふうに……」

「杉浦さん」曽埜田が遮ってきた。「ノンフィクション本を出版したら、きっとあの母親がクレームをつけてくるよ。悪くすればマスコミも世間も彼女の肩を持つ。こっちが糾弾される」

李奈は言葉を迷った。曽埜田の真剣なまなざしが見つめてくる。不安に心が揺らぎだした。

むろん気にせずにはいられない。けれども請け負った仕事だ。事実の追求には社会的意義があるとも感じる。

「あのう」李奈はささやいた。「印刷所への入稿前に、原稿を読んでもらったらどうでしょう。惣崎祥子さんに目を通してくれるよう頼むんです」

「出版の可否をたずねるのか?」

「あるいは直すべきところがあるなら指摘してもらって……」

曽埜田は首を横に振った。「納得してもらえるわけがない。読まずに断ってくる可能性さえある。いやおそらく、そうなるんじゃないのか」

「それなら内容を口頭で伝えます。そのうえで読んでいただけるよう説得します」

「だすなといわれるかもしれないのに、原稿を完成させるっていうのか？」

李奈は曽埜田にたずねかえした。「惣崎さんの承認を受けず、黙って出版したほうがいいんですか？」

「そっちも論外だよ。訴えられて出版差し止め請求を受けちまう。企画自体は出版社に責任があるといっても、著者は元凶とみなされ、仕事を干される」

「ならやはり惣崎さんに原稿を見せて……」

「十中八九断られるとわかっていて、最後まで執筆するなんて」曽埜田は深く長いため息をついた。「無理だ。できないよ」

「曽埜田さん……」

「悪い。僕のほうは蓬生社に詫びをいれて、書けないと伝える。ノンフィクション本が回収騒ぎになるよりましだ」

李奈は茫然とした。「やめるんですか」

「ああ。苦渋の決断だけど仕方がない。きみも手を引いたら？　KADOKAWAからの依頼なら、今後の仕事にも影響があるだろ」

当惑が深まる。曽埜田の主張はもっともだ。取材をつづければ惣崎祥子を傷つける。彼女との関わりなしに執筆できるとは思えない。出版予定を押し進めれば、それ自体が彼女を苦しめることになる。

しかしこのままでいいのだろうか。本好きだった祥子は娘を失ったうえ、『告白・女児失踪』に失望し、活字への不信感を募らせている。彼女は今後も本を忌み嫌いながら生きていくのか。

娘の死についても、母親は真相を知らないままでいいのか。それで亜矢音は浮かばれるのだろうか。

李奈はいった。「わたしは取材をつづけます」

「本気か？」曽埜田が信じられないという顔になった。

「原稿を完成させないと……」

「トラブルが不可避とわかっているのに？」

思わず言葉を失う。ごく細くなった意志が、いまにもへし折られそうだった。

それでも責任放棄はありえない。李奈はうなずいた。「やります」

「……わかった」曽埜田は穏やかにささやいた。「きみと一緒に取材できたのは楽しかった。イメタニア社では迷惑をかけたね。きみひとりなら谷崎社長も受けいれてくれるかもしれない」

なにをいうべきかわからない。李奈は黙って頭をさげた。

ふたたび視線をあげたとき、曽埜田の複雑な表情を目にした。なおもためらいがちな態度をしめしている。だが曽埜田は説得をあきらめたらしい。小さくうなずき、李奈に背を向けた。ひとりこの場から立ち去っていく。

李奈は曽埜田の後ろ姿を見送った。供えられた花に向き直る。菊の花びらが微風に揺れていた。

いちど書くときめた原稿を放棄できない。著述業が唯一の仕事なのに、義務を果たさずにいれば、無職と同じになる。最後まで書くべきだ。たとえ日の目を見ないとしても。

17

町田市辻交差点の近く、厚木街道から一本入った裏手は、やたら空き地のめだつ区域だった。亜矢音の死体遺棄現場は、路地に面した雑草地帯だが、いまはロープが張られている。

李奈はひとり草むらの前に立った。広さは五十坪ほどある。隙間なく生い茂った雑草は、李奈の背丈をはるかに超えていた。あたかも雑木林のようだ。

犯人のクルマは辻交差点を駆け抜け、ひとつめの角を折れ、裏手をわずかに走った。行き着いたのがここだった。実際に来てみると、思いのほか事故現場から近いとわかる。徒歩でもすぐに到達できる距離だ。

こんな目と鼻の先に、女児の遺体が遺棄されているなど、誰も想像できなかっただろう。警察犬はここにまったく反応をしめさなかったという。近隣住民は物音をいっさい耳にせず、不審車両も目撃していない。なにより自治会長が警察に対し、ここは調べ尽くした、そう報告したことが大きかった。面倒を避けるための嘘だったようだが、このため警察官は数人の立ち入りのみで捜索を終えてしまった。結果的に遺体の発見は大幅に遅れることになった。

自治会長からの報告を鵜呑(うの)みにし、注意を怠った警察の杜撰(ずさん)さは、当然ながら非難を免れない。だが現地を眺め渡すと、ここが盲点になった理由もわかる気がする。

近くには家屋や低層のマンションが建つ。日没後は暗いだろうが、不審なクルマが容易に入りこめるほど、人里離れた場所でもない。なにかあれば誰かが気づく、そう信じさせるに足る環境だった。

遺体は草むらをかなり分けいったところに遺棄された。しかし近隣住民らは、草むらへの侵入者がいた場合、相応の痕跡が残るだろうと推測した。実際には雑草の茎が思いのほか頑丈なうえ、柔軟でしなる性質を持っていた。このため掻き分けられても、ほぼ元どおりになったとされる。雑草が頭上まで覆い尽くしていたため、上空からの捜索でも異変が見てとれなかったという。警察犬の無反応は、直前までクルマに乗せられていたからか。

ここの献花の量は、交差点の比ではなかった。道路と雑草地帯のあいだを埋め尽くさんばかりに、いろとりどりの花があふれている。犠牲になったのが女児だったからだろう、缶飲料や菓子類、人形なども見受けられる。

そんななか、なぜか文芸書が積んであった。ほとんどはハードカバーだった。『赤毛のアン』や『ハリー・ポッター』があるものの、大半は大人向けで、尾崎紅葉や泉鏡花、国木田独歩の小説も含まれる。無名作家の本も多かった。古本として高値はつきそうにないが、誰がどういう理由でここに供えたのだろう。

李奈は道端にたたずみ、風に波打つ草むらを眺めた。手を合わせ、亜矢音の冥福を祈る。それ以外にできることはなかった。

問題は今後どうするかだ。惣崎祥子からは対話を拒絶されてしまった。ノンフィクション本の執筆者に、新聞記者ほどの権限はない。捜査本部の内情を探るなど、二十三歳のラノベ作家には無理な相談だった。

汰柱桃蔵がベンツSクラス以前に乗っていたという、トヨタクラウンがやはり気になる。とはいえ情報を得ようにも、汰柱が独身のため、どこにアプローチすればいいかわからない。弟の棚橋啓治にそのことを質問したが、判明したのは車種だけだった。二〇一八年六月発売の220系クラウン、RSリミテッド。クルマの売却については、兄がひとりでやったことだけに、まったくあずかり知らない。棚橋啓治はそう答えた。

麻布署の佐竹という刑事は、売る前に修理をおこなったのは確認済みといった。警察は車両を特定し、詳細に調べただろうか。修理が完了していても、女児を轢いた痕跡を発見できるものなのか。

警察から情報を得る以外に、クルマの行方を知る方法はないのか。トヨタのディーラーを片っ端からあたるか。または任意保険の業者に問い合わせるか。金銭の支払いが絡むことだから、弟にきけば業者を特定できるかもしれない。

李奈は運転免許を持っていなかった。よってクルマのことはよく知らない。修理に保険が使われたとして、業者はどのていど事情を把握しているのだろう。

宮宇編集長は先々月、ぶつけて壊した門柱の画像も送ったが、保険の対象外とされたと嘆いている。そうした画像は業者も保存せず、さっさと破棄してしまうかもしれない。いや保険の対象となった重要な画像も、いったん支払いが終われば、保存しつづけるかどうかわからない。

もともと社会に疎いフリーランスは、取材の足がかりを得づらい。李奈は半ば途方に暮れつつ、その場に立ち尽くした。草むらが風にざわめく。低く垂れこめる雲が太陽を覆い隠す。視界の緑が原色を失い、暗くくすみだした。

誇れるものはなんだろう。趣味の文学研究で培われた読解力か。どのていど備わっているか疑わしい。とはいえほかに秀でた能力もない。読むことと書くこと。好きが高じて得意になったのはそれだけだ。

ならそこに立ちかえるべきではないのか。『告白・女児失踪』を丹念に読みこむ、まずはそれしかない。自分にできることから始めるべきだ。

李奈は草むらに手を合わせ、もういちど黙禱した。亜矢音が人知れず眠っていた、静謐な場所をあとにする。雲の切れ間から陽が射しだした。明暗の落差のなかを歩きつづける。どの小説にも結末があるように、きっと真相にたどり着く。

18

李奈は有楽町の三省堂書店に来ていた。

駅前に新しいファッションビルが林立するなか、レトロな趣の二階建て、左右に果てしなく長い東京交通会館内。かなりの床面積を三省堂書店が占有する。

一階のガラス張りの売り場は、まさに新刊書の見本市だった。店内に階段があり、二階にもあらゆるジャンルの書籍が揃う。とにかく人の出入りが多い。ゆえに各出版社の営業も、三省堂書店有楽町店には力を注ぐ。

きょう李奈は優佳に同行したにすぎない。ふたりのKADOKAWAでの担当編集は同じなので、一緒に書店まわりをすることになった。スケジュールは編集者の菊池がきめた。夕方五時、書きいれどきを迎える直前の店舗に、三人は正面入口から足を踏みいれた。小説家と編集者であっても、入店する動線は一般客と同じになる。もちろん周りは誰も気づかない。

菊池が書店員に挨拶したのち、三人とも店のバックヤードに招かれた。段ボール箱がところ狭しと置かれた通路の先、ごく狭い事務室だった。ほとんど身動きもとれないほどの空間で、テーブルを囲みながら、自分の本にサインをする。三省堂書店のロゴが入った、白いPOPカードも渡される。そちらには手前味噌(みそ)の宣伝文句を書き、直筆の証(あかし)としてやはりサインを添える。

　小説家の業務のひとつ、書店まわり。わりと大御所の作家でもやらされる。新作の刊行にあたり、もっと宣伝してくださいと編集者に頼むと、たいていこの仕打ちを受ける。みずから都内の大手書店を訪問し、サイン本とPOPづくりに精をだすことになる。売りこみの責任が著者自身に跳ねかえってくるという意味で、講談社の新刊書籍説明会に似ている。

　しばらくして書店員が退室した。優佳がサインをしながらぼやいた。「気づけばまたここにいる。まるで演歌歌手とマネージャーのレコード店行脚。いつになったら人気作家先生の扱いを受けられるのやら」

　菊池はわきに立っていた。サイン済みの扉の裏に、保護紙を挟んでは、そっと文庫本を閉じる。咎(とが)めるような口調で菊池がいった。「皮肉はよしなさい。那覇優佳著『初恋の人は巫女だった3』角川文庫、祝出版じゃないか。大手書店で初週ランキングに入っておくことが、以後の売れ行きにつながってくる」

優佳が積まれた文庫本の山を指さした。「これだけ売れてくれれば、週間ランキングに入れるんですか？」

「ああ、完売すればな。上位は無理だとしても、七位や八位ぐらいには入る。本ってのは書店一軒あたり、それぐらいしか売れないものなんだよ」

サインした本は、のちに書店員によりラッピングされる。〝サイン本〟とシールを貼られたうえで、店頭に並ぶ。いちおう付加価値がつくため、それなりに売れることが期待される。というより売れなければ、困るのは書店側だった。

李奈に新刊はなかったが、既刊の自著に数冊ずつサインをしていた。「あのう。本にサインした時点で、書店さんは取次に返本できなくなるんですよね？」

「そうだよ」菊池があっさりと応じた。「本は委託販売だけど、一〇五日を過ぎると書店の買い取りになっちまうから、売れ残りはそれ以前に返本される。でも落書きが入った本は、取次も引き取ってくれない。最初から書店の買い取りになる」

優佳が顔をしかめた。「落書きだなんて。著者サイン本ですよ」

「著者だろうが誰だろうが、書きこみがある時点で新品じゃなくなるんだよ」

李奈は恐縮とともに顔をあげた。「三省堂書店さんに悪くないですか？　たぶんわたしのサイン本なんて、ほとんど売れ残りますよ」

「いいんだよ。返本不可になるってことは、売れたのと同義だ。損害は書店がかぶるだけだし……」

書店員が部屋に戻ってきた。笑顔で問いかけてくる。「進んでますか?」

「あ、はい」菊池がにこやかな表情を取り繕った。「サイン本を並べていただく場所ですが、なるべくめだつ場所にお願いできますか」

「どの辺りをご希望ですか」

「そうですね。一階を入ってすぐの、あの辺り……」菊池は喋りながら、書店員とともに退室していった。

部屋のなかに小説家ふたりだけが残された。優佳が仏頂面でつぶやいた。「サイン本、絶対に一冊残らず売ってやるからな」

李奈はため息をついた。「わたしもそういうつもりで、念をこめてサインしないと。書店員さんに迷惑がかかっちゃうし」

「ねえ」優佳が身を乗りだした。「きょう曽埜田さんは?」

「……町田に行ったあと、いちども会ってない」

「なんで?」

「蓬生社で出版するはずだったノンフィクション本、執筆をあきらめたって」

「そうなの？」

「亜矢音さんのお母さんが乗り気じゃなくて……。わたしもどうしようか迷ってる」

「理由はそれだけ？　ひょっとして李奈が無愛想にしたんじゃない？」

「なにいってんの」

「曽埜田さんってさ、李奈に気があったみたいだし」

「やめてよ。そんなのないって」李奈はそそくさとサインをつづけた。「でも曽埜田さんが仕事を断念する気持ちもわかる。ノンフィクション本を執筆しようにも材料がなさすぎ」

「謎がいろいろあるじゃない？『悪霊島』の赤い枠線とか」

「事件に関係あるかどうか不明だし、結論もでてないのに、むやみに言及できないでしょ」

優佳がじれったそうにこぼした。「汰柱さんの寝室に『悪霊島』があって、何か所か赤く囲まれていたのは事実でしょ。そのとおりに書くだけでいいのに」

「レ点を打つおまじないと変わらなかったとしたら？　いたずらに読者の興味を煽る(あお)なんて不謹慎すぎる」

「真面目だね、李奈は」優佳はサインした本にみずから保護紙を挟み、テーブルの上に積みあげていった。「あの赤く囲ったとこの〝磯川さん〟って、ほかの金田一ものにもでてくる警部のことだよね？」

「そう。金田一耕助のワトソン的存在、岡山県警の磯川常次郎警部。『本陣殺人事件』で初登場。『悪魔の手毬唄』で下の名前があきらかになった」

「『悪霊島』のあのくだりで、初めて子供がいるとわかったの？」

李奈はうなずいた。「だから金田一も〝大きなショックだった〟っていってる」

「そこを赤く囲んでるってことは、登場人物に重要な変化があった箇所ってことじゃない？」

「息子と判明した五郎との会話も、別途赤枠で囲ってあるけど……。ほかはちがう。『悪霊島』にしか登場しない巴という女性に言及した箇所が多い。刑部島の事業に関する一文は、五郎というより、彼を雇おうとした越智竜平の意思だし。かならずしも人生のターニングポイントってわけでもない」

「ひょっとしてなにかミスがある箇所じゃなくて？　矛盾とか疑問点とか」

李奈は『悪霊島』の内容を想起した。けれども枠線に囲まれた箇所には、特に腑に落ちない表現は見受けられない。あるいは『悪霊島』に限定せず、ほかの金田一耕助ものとのあいだに生じる矛盾だろうか。

『悪霊島』には磯川警部の妻について書かれている。名は糸子、昭和二十二年に亡くなったとある。だが昭和二十七年を舞台にした『湖泥』で、金田一は磯川警部の家に泊まり、警部夫人に迷惑をかけたといっている。そこだけ読めば矛盾と考えられなくもない。

ただし『悪霊島』の描写では、『湖泥』での警部夫人が磯川の兄嫁、八重とも受けとれるような補足がある。横溝正史は作品間の齟齬を放置してはいない。しかも警部夫人に関するくだりは赤線で囲んではいなかった。

枠内の内容には、相互に共通項もみられず、統一性も感じられない。いったいどんな意味があるのだろう。

優佳が手もとに視線を戻した。「横溝正史ってさ、『野性時代』に連載してたころ、編集者に原稿またせてたんでしょ。ノリスケをまたせてる伊佐坂先生みたいに」

「『真説　金田一耕助』にエッセイが載ってるよね。『病院坂の首縊りの家』の連載時とか」

「うらやましいよね。わたしも『野性時代』に短期連載したけどさー。編集さんからは〝原稿、金曜までにメールでお願いします〟ってだけ」

「原稿を取りにきてほしいの？　めんどくさくない？」

「いちどでいいから、ベタな作家暮らしをやってみたいわけよ。『野性時代』の編集さんがさ、〝先生、原稿のほうはいかがでしょうか？〟とかいって。こっちはそっけなく〝隣りでまってて〟とか返事して」

李奈は苦笑した。「そんなの嫌じゃん。編集の人が隣りの部屋にいるなんて」

「ウーバーイーツの注文とか受け取りとか、ぜんぶさせればいいでしょ。もちろんKADOKAWAの経費でさ……」

菊池が書店員とともに、足ばやに戻ってきた。優佳はおどけた顔で口をつぐんだ。この場でのサイン本づくりこそ、編集者に急かされている仕事のはずだが、優佳はさして喜びを感じていないらしい。

だが菊池は進捗状況をたずねてはこなかった。菊池と書店員は、部屋の隅にあるテレビの前に立った。書店員がテレビを点ける。画面は小さかった。ふたりの身体に隠れ、李奈の居場所からは観られない。

ニュースキャスターの声がきこえてくる。「亜矢音さんが日没後、ひとりで外を歩いていた件について、きょう警察は新たな見解を発表しました」

優佳が文庫本一冊を高々と掲げた。「菊池さん。これ落丁本だと思うんですけど。一六一ページの次が、一六四ページになってて……」

「しっ」菊池が片手をあげ制した。「すまない。ちょっとまっててくれ」

不満げな顔の優佳が李奈に向き直った。文庫を差しだしてくる。自嘲ぎみに優佳がいった。「小説家なのに編集者にまたされてやがんの。ねえ、これ変だよね？」

李奈もニュースが気になったが、手もとの問題は早く片づけるにかぎる。受けとった文庫本を開いてみた。「一六二ページ、ちゃんとあるよ？　その隣りは一六三ページ」

「あれ？　なんで……」

「あー」李奈は状況を把握した。「落丁じゃなくて、裁断が一枚だけ不揃いになってる。ほら、この一枚。表が一六三ページで、裏が一六四ページだけど、横が一ミリぐらい短い」

「ほんとだ。左手の親指でページを繰ったから、そこを飛ばしちゃったのか」

「そう。一ミリ短くなってるせいで、二枚がくっついてめくれたってこと」

「不良品は不良品だよね。落丁や乱丁ほどじゃないけど。これにサインして売っちゃっていいのかな」

「駄目でしょ。その一冊だけ外しとかなきゃ」

「だよね。さすが李奈。いつも冷静で頼りになる」

そうでもない。いまほどそわそわしている状況はあまりない。李奈は聴覚に集中した。ニュースキャスターの声に耳を傾ける。

キャスターの声がいった。「……あくまで可能性として、母親の祥子さんに育児放棄もしくは虐待があったとした場合、亜矢音さんは家出したのではないかとする見方もあります」

李奈の背筋に冷たいものが走った。前から流布するのを危惧していた噂だ。ついにマスコミが言及した。

菊池が憂鬱な顔で李奈を振りかえった。「亜矢音さんの母親に会ったんだろ？　そんなようすがあったのか？」

「いえ……。べつに」

惣崎祥子は控えめな性格の母親だった。読書を趣味にするだけの教養もある。なのにネットの掲示板やSNSは、過去の離婚を根拠に、身勝手でだらしない女ときめつけている。保護者としての責任感の欠如ばかりが取り沙汰されている。しかもただ暗くなってから五歳児が外出するなど、保護者の監督不行き届きだ。あるいはふだんかに母親が捜しにでかけなかった。育児放棄があったのではないか。ネット上の論調から虐待があり、亜矢音さんは逃げるも同然に家をでたのではないか。

はそんなところだった。噂は徐々にひろまっていき、いまでは陰謀論さえ囁かれるようになった。『告白・女児失踪』に示唆されたとおり、汰柱桃蔵との不倫を疑う声もあがりだした。

李奈は俗説に翻弄されるのを嫌い、なるべくネットを見ないようにしてきた。祥子は自分の知らないうちに、亜矢音が外出してしまった、そう証言している。夕食の支度に追われ、気づくのが遅れたらしい。ひとまずその主張だけを信じていればいい。

だがテレビのニュースが報じたからには、いまやマスコミが無視できないほど、噂が信憑性を持ち始めているのだろう。キャスターの発言によれば、特に新たな根拠が見つかったわけでもないようだ。ただ世間の風潮として、そう信じる人間が増加傾向にある、そんなふうに報じている。

報道番組が世間の噂を扱うのは危険だ。いくら事実ではないと断ろうとも、噂こそ真実と受けとられてしまう。

いまも菊池と書店員は、ガラス越しに駅前の大型ビジョンのニュースを観て、あわてて駆けこんできたようだ。いかに大衆が祥子を疑っているか、それを如実に表わす行動だった。

優佳が目を丸くした。「マジで？　やっぱりお母さんの虐待があったの？」

これが一般視聴者のすなおな反応だった。李奈は急ぎスマホを操作した。惣崎祥子の携帯電話番号にかけてみる。

つながらなかった。自動応答メッセージが告げた。「電波の届かない場所にあるか、電源が入っていないためかかりません」

李奈は視線を落とした。もうなにもききたくない。偏見にとらわれるのが怖い。雑念に左右されず、まっすぐに真実を見つめることは、本当に可能だろうか。

19

日没後、李奈が阿佐谷のアパートに帰ると、兄の航輝がいた。

上京した父がさっきまで一緒にまっていたという。明日の仕事もあるため、もう三重に帰らざるをえなかったらしい。用事はわかりきっていた。李奈の将来について話し合いたい、前からそんなラインのメッセージをよく受けとっている。

子供のことはやはり親にはわからない。そう痛感させられる。亜矢音がなぜ外出したか、母の祥子には理解できない。そんなこともありうるのだろう。一概に親の監督不行き届きときめつけていいものか。

航輝は李奈のために夕食を作ってくれた。一緒に食事をとったのち、航輝も帰っていった。李奈は部屋にひとりきりになった。

すべきことははっきりしている。李奈は机に向かい、便箋にペンで直筆の手紙を綴りだした。惣崎祥子に宛て、取材の非礼を詫びたうえ、本心を余すところなく伝える。亜矢音が外出したのが母親のせいとは思っていない。純粋に真実が解明されることを望んでいる。祥子に本が嫌いなままであってほしくもない。取材させてもらえたあかつきには、仕上げた原稿を、誰よりもまず祥子に読んでもらいたい。出版の可否は祥子に一任する。その条件で書かせてはもらえないだろうか。手紙はそんな内容だった。

李奈は机のわきの本棚を眺めた。手紙に本を添えたい。できれば自著にしたかったが、親子の情愛をテーマにした作品は執筆経験がない。李奈自身が両親とうまくいっていないのに、理想の家族像など書けるはずもない。

読書家の祥子なら、有名作品は既読の可能性もある。もし読んでいたら申しわけありません、そんな一文を手紙に書き加えた。

テリー・ケイの『白い犬とワルツを』はどうか。内容があまりに直接的すぎるかもしれない。江國香織の『流しのしたの骨』がいいような気がするが、仮に未読だった場合、題名で誤解しないだろうか。実際には親子の温かい日常に終始する物語だ。とはいえ祥子がどんな気持ちを持つか、結局は想像の範囲でしかない。

迷った末、自分が共感を得た小説を贈ることにした。長嶋有の『佐渡の三人』、講談社文庫。特殊なことはなにも起きない、ありふれた家族の物語。でも第三者がほんの一点だけをとらえると、常識外れに感じるかもしれない。世間とのずれはいつも生じがちだが、いちいち取るに足ることではない。この小説はいつもそれを教えてくれる。

ふたたび外にでて、手紙を投函してきた。アパートに戻ると、李奈は眠れない夜を過ごした。ネットのニュースなど見る気になれない。暗がりの天井を、ただぼうっと眺めるだけの時間が過ぎた。まどろみだしたのは朝方だった。

翌朝、李奈はKADOKAWA富士見ビルに出向いた。受付で菊池を呼んでもらうと、編集部に直接来るよう伝えられた。

広々とした書籍編集部では、大勢の編集者らが仕事に忙殺されている。イメタニア社よりは整然とした趣がある。李奈がここに来るのは初めてではなかった。

編集部に直接招かれる小説家は、まだ一人前と見なされておらず、雑用のライター扱いだときいたことがある。本当だろうか。そのうち真偽を菊池に問いただしたい。

菊池は事務机の島の狭間で、ほかの社員と立ち話をしていた。社員が面白くなさそうな顔で菊池にいった。「ですからユーチューブの『角川書店ブックチャンネル』の企画としては、あまりにも再生数があがらないので……」

「残りはお蔵入りだって？」菊池が困惑をしめした。「頼むよ。有名作家陣に無理をいってお願いしたんだよ？　もともと薄謝だけど、配信がなくなったなんて、とてもいえやしない」

社員は首を横に振った。「動画と本の宣伝は、あまり相性がよくないんです」

「『変な家』は？　バカ売れしたじゃないか」

「あれは特殊な例ですよ。ユーチューブ全般でも、本の紹介は不人気でして」

「だからって『私の一冊』ぐらい……」

「作家に興味のない人からすれば、ただのつまらない動画でしょう」社員がふいに声をひそめた。「なにより作家陣の顔ぶれが微妙すぎます。もっと有名どころに頼めないんですか？　汰柱桃蔵に依頼しとけば、いまごろ結構な再生回数を……」

「あのクラスにはメールを送っても、返事ひとつ来なかった。だいいち汰柱桃蔵なら再生回数は伸びても、コメント欄を荒らされるのがオチだ」

李奈は歩み寄った。「あのう。菊池さん……」

菊池がはっとした顔で李奈を指さした。「そうだ。彼女ならどうだろう。まだ新人でも、若い女の子なら観る連中もいるだろ。見た目も悪くない」

社員がしらけた表情になった。「本気でいってます？　彼女のルックスの良し悪しは関係ない。書影の背景に声が流れるだけですよ」

「ああ。そうだったな……」

「無駄な浪費はできません。『角川書店ブックチャンネル』は当面、大型ビジョンやトレインチャンネル用に制作された動画を流すだけになります。もう決定したことですから、よろしくお願いします」社員は軽く頭をさげると、さっさと立ち去った。

李奈は菊池にきいた。「なんの話だったんですか」

「上が宣伝費を渋ってる。ユーチューブでバズれないかといってるが、やってみたら再生回数は二桁(ふたけた)どまり。百回にすら満たない」

「ＫＡＤＯＫＡＷＡはニコニコ動画でしょう？」

「もうなりふり構っていられない段階らしい。できるだけ多くの人が観てくれるところに流したいとさ。でも動画に本の紹介がうまく連動できないんだ。きみは『私の一冊』って観たことがあるか」

「いいえ……」

「やっぱりな。認知度もそんなもんだ」

「自分の本を紹介するんですか？　講談社の新刊書籍説明会みたいに？」

「そうとはかぎらない。愛読書でもいい。何冊か挙げるうちの一冊は、うちで刊行してる本にかぎるが」

「第三者が推薦するなら、作家がやる必要もなくなりますよ。代わりに芸能人とか……」

「無理無理。どこにそんなギャラを払える金がある」

「なら猫を絡めてはどうですか」

「猫？」

「可愛い猫なら動画がバズります。ライブ配信にして、そこに新刊本を置いておけば……」

「それならありだな」菊池はさっきの社員を追いかけようとした。「おい加藤！」

李奈はもやっとした気分でいった。「この時間に打ち合わせの約束だったはずですけど」

「ああ、そうだったな。悪い」菊池は編集長の机を振りかえった。「宮宇さん」

「きこえてるよ」宮宇はすでに立ちあがり、渋い顔で歩み寄ってきた。「猫の動画の背景に本？　去年のＮＨＫ『紅白歌合戦』を連想させるな」

　意味がわからない。李奈はたずねた。「紅白って？」

　菊池は苦い表情で応じた。「所沢の角川武蔵野ミュージアム、本棚劇場からアーティストの歌唱の中継があった。だから社員総出で、ステージの周りの本棚に、角川文庫の新刊を必死に並べた」

　宮宇が無表情につづけた。「当然ながらカメラのピントはアーティストに合いっぱなしでね。ぼやけた本の表紙が小さく映りこんでも、反響のツイートは全国で数件」

　李奈は心からささやいた。「悲しいですね……」

「宣伝なんていつもそんなもんだ。涙ぐましい努力も水泡に帰してばかり」

　菊池が気を取り直したように李奈にたずねた。「その後、取材の進展は？」

「あまり芳しくありません……。惣崎祥子さんが取材協力に難色をしめしています。説得の手紙を送りました。イメタニア社は電話が通じません。メアドも廃止されたのか、送信しても未着のまま返ってきます」

「ああ。イメタニア社のオフィスは無人状態がつづいてる。どこか別の臨時オフィスで、前から抱えていた仕事を、社員が細々とこなしているらしい」

　宮宇が菊池にきいた。「場所はわからないのか？」

「マスコミも追いきれていないようです」

「まいったな」宮宇が頭を掻いた。「せめてメールの一通ぐらい送れれば……」すると近くの女性編集者が振りかえった。「失礼します。たしか以前に編集長はいちど、谷崎社長宛てにメールを送ってますよね？」

「なに？　私がか？」

「はい。編集長の机にゲラを置かせていただいたとき、パソコンの画面が目に入りました。送信済みメール一覧に、谷崎潤一という名があったんです。イメタニア社の社長とは存じあげなかったんですが、谷崎潤一郎から一字少ないと思い、記憶に残っていまして」

「そりゃいつごろの話だ？」

「まだひと月か、ふた月ほど前でしょう」

「まさか」宮宇は自分の机に向かいだした。「たしかめてみようじゃないか」

李奈も菊池とともに宮宇の机に近づいた。宮宇がマウスを操作する。メールの送信済み一覧が表示された。履歴をスクロールする。すると四月ごろの日付で、たしかに谷崎潤一宛てのメールが、一通だけ見つかった。添付ファイルの存在をしめすクリップのマークがある。

宮宇がメールを開いた。ごく短い文面が表示された。

谷崎様
画像をお送りします。
ＫＡＤＯＫＡＷＡ　宮宇

添付されているファイルはふたつあった。ひとつは会社のロゴの画像だった。鳳凰のマークと〝KADOKAWA〟の表記がセットになったコーポレートロゴ。もうひとつのファイルは『コーポレートロゴ運用に関する資料』のテキストだった。

宮宇が歓喜の声をあげた。「思いだした！　この直前に電話がかかってきた。編プロからうちのロゴの要請だった。ムック本に使うとか」

菊池の目が輝きだした。「頻繁にあることですからね。たまたま編集長が対応したんですよ」

李奈は菊池にきいた。「ロゴの要請というと……？」

「ほかの出版社や編プロ、新聞社からロゴの使用を求められるんだよ。しょっちゅう電話がかかってくるから、でた者が応対する。社内イントラネットからロゴデータをダウンロードして、先方に送る」

「誰にでもそうするんですか？」

「いや。むろん出版関係各社に限られるよ。でも『コーポレートロゴ運用に関する資料』に利用規約が書いてあるから、それに従ってくれればいい」

「社外なら使用料が派生するんですか？」

「金なんかとらない。お互いさまだからな。こっちもいろんな会社のロゴを書籍に載せてる」菊池はため息を漏らした。「盲点だったたな。取引相手となると限定されるけど、ロゴの受け渡しなんて、そこいらの会社とおこなってる」

宮宇もうなずいた。「谷崎潤一郎から一字欠けただけなんて、まるで連想しなかったが、おかげで有能な社員の記憶に残った」

女性編集者が自分の机から笑いかけてきた。「どういたしまして」

李奈はメールアドレスを見た。イメタニア社のドメインではなかった。私用を兼ねたメアドなら、まだ廃止していない可能性がある。

菊池が興奮ぎみにいった。「杉浦さん。このメアドに送ってみる価値はあるだろ？」

「はい」李奈の心は躍った。谷崎社長を捕まえられれば、また道は開ける。

20

イメタニア社の谷崎潤一社長から、ほどなく返事のメールが来た。李奈は翌日、けっして口外しないようにと釘を刺された住所に、ひとり足を運んだ。

場所は三鷹市の外れ、小金井市寄りの住宅街だった。廃校になった校舎が、格安の賃貸オフィスとして提供されている。イメタニア社はマスコミの追跡を逃れ、教室然とした一室に機能を移していた。事務机がひしめきあうものの、部屋の前後には黒板がある。被災地における臨時の役所に似たありさまだった。浮かない顔の社員たちが、もはやお洒落とは無縁の普段着姿で、ただ黙々と仕事をつづける。

社長の机も同じ室内にあった。李奈は机のわきのパイプ椅子を勧められた。

エアコンがないせいか汗ばんでくる。肘掛け椅子におさまった谷崎社長も、さかんに額の汗を拭っていた。以前のよそよそしい態度とは異なり、ざっくばらんな言葉遣いで谷崎がいった。「よく私のメアドがわかったね」

李奈はきいた。「宮宇編集長にロゴの提供を要請なさいましたよね？」

「ああ。あのときのメールのやりとりか」谷崎は机の上から一冊の本をとりあげた。

『全国出版社一覧2012』とある。「これは以前、うちで編集したんだが、いま最新版に取りかかっていてね。当時は角川書店だったけど、グループ会社がぜんぶひとつになって、KADOKAWAに変わっただろ？ロゴも微妙に変化してる」

その話題はもう充分だった。時間は無駄にできない。李奈は谷崎を見つめた。「お話をうかがってよろしいですか」

「まった。まず約束してくれないか」

「なんですか」

谷崎は疲弊しきった顔を向けてきた。「とにかく連日の取材攻勢にまいってる。斑雪社さんは、すべての責任を押しつけてくるし、マスコミはうちばかりを袋だたきにする。あえて問いたい。『告白・女児失踪』という本は、そんなに非常識か？」

李奈は戸惑いとともに応じた。「非常識かどうかと問われれば……」

「ああ、きかなくても、もうわかった。私がいいたいのは、汰柱桃蔵から売りこみがあった時点で、うちがビジネスを引き受けることは、そんなにおかしかったかということだ。見てのとおり、うちは零細だ。おいしい話には飛びつく」

「谷崎さんのご判断ですよね？」

「きみもマスコミのいやらしい質問の仕方を心得てきたな。たしかに経営者は私だ。

私が判断を下した。汰柱桃蔵というビッグネームを逃す手はないと」

「それはわかります」

「だろう？　だから約束してくれ。ノンフィクション本には、イメタニア社が悪いとは書かないでほしい」

「先入観なく事実のみを書くと約束します」

「そんな曖昧な言い方では困る」

「いまのが曖昧でしたか……？」

「いいか、もういちど念を押しとくぞ。汰柱桃蔵は有名作家だ。出版人なら金のなる木はほうっておかない。たとえば乱歩は横溝を後押しした。なぜかわかるか？　出版人として儲かると思ったからだ」

　短絡的すぎる決めつけに、どう答えればいいか迷う。李奈は思いつくままにたずねた。「後進を育てたかったんじゃないですか？　香山滋や山田風太郎も乱歩の後援でデビューしましたよね？　星新一も……」

「よく知らない。小説のことは、本当はわからん」

「なぜ横溝正史に言及なさったんですか？」

「というと？」

「汰柱さんの家に『悪霊島』があったのと、なにか関係ありますか」

谷崎が酸っぱそうな顔になった。「またなにをいいだすかと思ったら……。横溝正史の本なんて、どこにでも転がってるだろう。汰柱さんがどんな本を持ってたか、私が知るはずもない」

はぐらかされるばかりでは困る。気が逸ってきた。惣崎祥子に取材できないいま、どうあっても谷崎相手になんらかの手がかりを得たい。李奈は谷崎に問いかけた。

「夜更けに汰柱さんがクルマをだし、新木場の埠頭から海に飛びこんだとき、どちらにおられましたか？」

「午後六時ごろから家に侵入した者がいたというんだろ？　マスコミにもさんざん質問された。あの日、うちはめずらしくみんな早くあがったが、私は別だよ。ひとりで会社に居残り、雑務に追われた」

「どんな雑務ですか？」李奈は前のめりにきいた。

「きみも想像がつくだろ。出版物の制作現場に完全な休みはない。印刷所から色校が届く。ただちに色合いをチェックして、すぐ返事しなきゃならない。ほかにもいろんな物が届く」谷崎は引き出しを開けた。領収書や伝票の束をつかみだした。「このへんの日付が、例の事件が起きた当夜だ。午後六時以降、私が応対した物も多い」

「社長みずから、おひとりで残業なさったんですか」

「零細はそれがふつうなんだよ。儲けがない月には、私は借金するか貯金を切り崩して、社員の給料を払わなきゃならない。経営者とは名ばかり、コンビニ店長と同じ境遇だ」

「ずっと会社で残業なさっていたことを証明できますか」

「みんなにきいてみろ。社員ならお馴染み、いつものことだ」

発言を鵜呑みにできない。あとで全社員に話をきく必要がある。李奈は焦燥に駆られてきた。どうあってもこの場で、真実につながるヒントを見つけださねば。

李奈は領収書や伝票の束を指でつつき、下のほうまで見えるようずらした。たちまち谷崎が苦い顔になった。

その理由はあきらかだった。上の数枚はたしかに当日の物だが、下にいくほど過去の日付になる。最下層は二か月も前だった。

事件当日、午後六時以降に荷物を引きとった伝票はある。だから谷崎の言葉は嘘ではない。しかしおおいに水増しされていた。アリバイにつながる伝票はせいぜい数枚だ。ふだんから話を盛る癖がある、そうみなすべきかもしれない。

ふと気になる表記が目についた。領収書のうち一枚、支払い額は二二、八六〇円。

但し書きは〝品代〟。業者のゴム印に〝源（やまげん）〟とある。住所は中野（なかの）区中野五丁目。

ほかの領収書はコクヨや大日本印刷、明光商会、廣済堂、シャチハタ。ざっと見ただけでも、馴染みのある企業名が並ぶ。〝源〟だけが浮いていた。

谷崎がたずねてきた。「『告白・女児失踪』の作業過程、詳しく知りたいか？」

「ええ。ぜひ」

「資料を持ってくる」谷崎が腰を浮かせた。「説明はこれ一回きりにさせてほしいが」

「あのう、谷崎さん。〝源〟って業者さんの領収書があったんですけど」

「あん？　それがなにか？」

「〝源〟は太宰治の生家、津島家の屋号でしたよね」

「関係ないな。たしかクリアファイルの会社かなにかだったと思うが」谷崎はそうこぼすと、領収書と伝票の束を抱えたまま、机から離れていった。

李奈は谷崎の背を見送りながら、なんとなく不穏な気配を感じとった。なぜ領収書と伝票を持ち去ったのだろう。この机の引き出しに保管してあったのに、どこへ移動しようというのか。

スマホをとりだし〝源〟を検索する。胸の高鳴りをおぼえる。ひょっとしたら、いまこそが推理小説の主人公に閃く、直感の類いかもしれない。

興奮はすぐに沈静化した。検索結果のトップがいきなり答えだった。クリアファイル制作販売の源。小ロットから短納期・高品質・低価格でオーダーメイド。住所もさっき目にした領収書のゴム印と同じ、中野区中野五丁目。

李奈は肩を落とした。気ばかり焦り、空回りしてばかりに思える。特に文学絡みのこととなると、やたら特別な意味があるように錯覚しがちになる。これもオタク病の一種かもしれない。

21

李奈は町田警察署の記者会見を訪ねた。本来なら通してもらえない可能性があったが、来てよかったと実感した。警視庁捜査一課の刑事、佐々木と山崎がいたおかげで、渋々ながら多目的室内の会見場に案内された。

超満員の会見場は、とうてい座れる状況ではなかった。背後の壁沿いにまでカメラマンの群れが立っている。李奈はそのなかに加わった。位置はべつに気にならない。声さえきこえれば充分だった。

年配の制服がふたり、前方の長テーブルに並んで着席した。署長と副署長だと紹介された。こういう記者会見は、署のトップがおこなうのが慣例なのか、それとも異例なのか。李奈にはわからなかった。

マイクがハウリングを起こし、甲高いノイズを奏でる。署長の声がスピーカーを通じ、室内に響き渡った。「惣崎亜矢音さんに関する事件につきまして、これまでの捜査の経緯を、ここにご報告させていただきます」

カメラのフラッシュは、斑雪社とイメタニア社の記者会見時より、ずっと控えめだった。署長と副署長が当事者ではないからだろう。

署長は既報のさまざまな事柄について、ひととおり触れたのち、軽く咳ばらいをした。「亡くなった汰柱桃蔵氏こと棚橋修造氏の著書、『告白・女児失踪』には、第三者が知りえない情報が多々含まれております。同氏が他人から情報を提供された形跡はないため、被疑者死亡のまま書類送検する見込みとなりました」

記者たちがざわついた。質疑応答の時間になると、さっそく手が挙がった。ひとりの記者が質問した。「汰柱さんが生きていれば、容疑者として被告になりえた、そうとらえて差し支えないんでしょうか」

副署長が答えた。「被疑者死亡のまま書類送検となりますと、不起訴に終わるわけですが、捜査が適切におこなわれたことは、検察官により認められるものと考えます」

まわりくどい言い方だが、要するに警察の決定には自信があると主張している。汰柱が亜矢音を轢き、草むらに死体を遺棄した。警察はそのように結論づけたことになる。

報道陣も念を押したがっているようだ。別の記者がきいた。「今後、共犯者の存在などについて、なおも捜査が進められるのでしょうか」

「えー」署長がわずかに発言を迷う素振りをしめした。「惣崎亜矢音さんの失踪および死体遺棄に関し、本署を拠点とする捜査はいちおう、終了ということになります」

「でも汰柱邸に何者かが侵入した形跡が……」

「その件は警視庁および麻布署が、引きつづき捜査をおこなってまいります」

「汰柱さんが亜矢音さんを轢いたということで、まちがいないんでしょうか」

「『告白・女児失踪』に詳細に綴られた内容から、そのように判断せざるをえないということです」

さらに別の記者がたずねた。「汰柱さんが他人の犯行を目撃した、または他人からの告白をきいたとは考えられませんか？」

「知人や関係者への聴取によれば、仮に汰柱氏こと棚橋氏が、これを他人が実際に起こした事件と知っていた場合、なんの相談もなく小説化するとは考えにくいとのことでした。架空の物語という認識だった場合も、他人の発案を自分の著書として発表するのは汰柱氏の流儀に反し、彼はあくまで作家のネームバリューにこだわり、独自性を追求する性格だったと」

「『告白・女児失踪』の〝私〟なる主人公は、人物像が汰柱さんと大きく異なりますが、それでも記述内容を容疑者の告白とみなすということですか」

「小説家としての矜持が、虚実ないまぜの物語を作りだしたのであり、実体験が下地になっているのはまちがいないというのが、捜査本部の見解です」

「しかし」新たな記者が発言した。「『告白・女児失踪』では、亜矢音さんをモデルにした〝わたし〟に関しても、随所で事実と異なる描写がされています。保育園の園長とビデオ通話でなくラインでやりとり。母親への動画でなく置き手紙。ああした改変はなんのためだったと考えられますか？」

「それらも作家が、自著として小説を執筆するにあたり、自分ならではの創作に、強いこだわりを持っていたがゆえと推察されます」

「〝わたし〟の母親と〝私〟のあいだに、過去の不倫関係が匂わされている点は、創作と認識すればいいのでしょうか」

署長がうなずいた。「題名からもわかるとおり、これは書き手の告白であると同時に、小説家による作品発表でもあったと解釈できます」

「人物像や行動の描写などに、事実との食いちがいがあっても、実際の事件の詳細が綴られているため、容疑者にちがいないと判断した。そうとらえてよろしいでしょうか」

「はい」署長は根気よく応じた。「繰りかえしになりますが、当事者や捜査関係者しか知りえない情報が、多々含まれておりますので」

「それらの情報とは遺体の遺棄現場や、交差点前の蛇行、車種がトヨタクラウンだった事実などですか」

署長はふいに言葉に詰まった。副署長と顔を見合わせる。ふたりのもとに、私服の捜査関係者らが集まり、なにやら協議しだした。警視庁捜査一課の佐々木と山崎の顔もあった。

やがて刑事たちが散開していき、署長が前方に向き直った。戸惑いをのぞかせながら署長がいった。「トヨタクラウンという情報はむしろ、本の記述が手がかりとなりました」

李奈は妙に思った。記者席も静まりかえっている。不穏な空気が漂いだした。

記者席に挙手が相次いだ。うちひとりの記者が訝しげに発言した。「鑑識が現場の痕跡から、犯人のクルマをクラウンと断定。のちに『告白・女児失踪』という本の存在があきらかになり、そちらの記述にもクラウンとあった。そういう流れではないのですか」

副署長が口を開いた。「あのう……。現場のタイヤ痕は断片的で、セダンと推測されたものの、車種の特定までは至っておりませんでした」

ざわめきを制するように署長が語気を強めた。「汰柱氏こと棚橋氏は、ベンツSクラスに買い換える前、トヨタクラウンを所有しておりました。事故の翌々日に自動車修理工にクラウンを持ちこみ、車体前方の破損部分を修理しております」

記者がたずねた。「破損箇所に亜矢音さんを轢いた痕跡はあったんでしょうか」

「当時は亜矢音さんの失踪について、まだ公開捜査の段階ですらなく、クルマに轢かれた可能性も取り沙汰されておりませんでした。よって自動車修理関連業者への情報提供はなされておらず……。修理の記録も残っていません」

「業者が修理するにあたり、手をつける前の破損箇所をデジカメに撮ったりは……?」

「作業のため、スマホカメラで数枚ほど撮ったそうですが、修理が完了しクルマを引き渡したのち、画像は消去したそうです。捜査員はスマホの任意提出を受け、メモリー内やクラウドの画像復元を試みたのですが、日数が経過しており不可能でした」

副署長が付け加えた。「毛髪や血痕など、あきらかに人身事故を起こした痕跡は認められなかったと、修理工が証言しています」

記者は腑に落ちない態度をしめした。「『告白・女児失踪』が問題視されたとき、警察が事前に把握していた情報のなかに、クラウンという車種も含まれていたような発表内容でしたが」

「いえ。そこは齟齬かと……。車種は本の内容を手がかりに裏付けが進みました」

「裏付けとおっしゃいますが、汰柱さんのクラウンが本当に亜矢音さんを轢いたという、確証を得られたわけではないんですね？」

すると私服のひとりが長テーブルに歩み寄った。立ったまま前屈みの姿勢をとり、口もとをマイクに近づける。「申しあげます。たとえばクルマが人を轢いたのち、より強い衝突により別の物損事故を起こせば、最初の痕跡は視認しづらくなります。大きな損壊が小さな破損を隠蔽してしまうのです。轢き逃げ犯が修理工に持ちこむにあたり、そうした偽装をおこなった例も多々あります」

「修理工の証言は当てにならないとおっしゃるんですか」

「人身事故の痕跡ではないように見えたからといって、ただちにその可能性を排除できないという意味です」

「修理済みのクラウンそれ自体からは、物証を得られていないんでしょうか？　車内の座席から血痕が見つかったとか……」

「当該のクラウンは特定され、現在は捜査関係者のもとにありますが、売却時に車内外が徹底的に洗浄されており、痕跡は見当たりませんでした。中古車販売業者による洗浄は、新型コロナウイルスの流行以降、半ば義務化したものであり、特別な理由があったわけではありません」

「確たる物証がないものの、ただ『告白・女児失踪』の一部事実と重なる内容のみを根拠に、汰柱さんを容疑者とみなしたわけですか」

「根拠となったのは、遺体遺棄に関する詳細な記述です。地理的にも状況的にも、当事者でなければ絶対に知りえないと判断しました」

「汰柱さん宅に侵入した者の素性がいまだわからず、なぜ汰柱さんがクルマごと海に飛びこんだのか、そちらの理由もあきらかではありません。汰柱さんが亜矢音さんを轢(ひ)いたと結論づけるのは、早計ではないでしょうか」

「何者かによる住居侵入と、新木場埠頭でのできごとのあいだには、なんらかの関連性があるかもしれないととらえております。しかし亜矢音さんの件とは、別の事案とみなすべきとの結論に達しました。理由は両者の結びつきがきわめて希薄だからです」

記者らの手がいっせいに挙がった。指名された記者が声を張った。「結びつきが希薄とおっしゃいますが、逆に別々の事案とみなす根拠はどこにありますか」

「関連をしめす根拠がないことこそ、個別の事案とみなす最大の根拠です」

報道陣から失笑が漏れる。別の記者がきいた。「家に侵入した何者かについて、捜査は進んでいるんでしょうか？」

「前にも申しあげましたが、全身を防護服に包んでいたらしく、毛髪や汗、皮膚片などが見あたりません。よって素性の解明は難航しております。この件については、特に新しい発表はございません」私服は記者席を見渡した。「よろしいでしょうか。では」

私服がうながすと、署長と副署長が席を立った。まだ挙手が多くあるにもかかわらず、会見は一方的に打ち切られた。室内はにわかに騒然となった。報道陣が署長と副署長に殺到したため、部屋の半分はがらんとした状態になった。

李奈は途方に暮れていた。すると佐々木と山崎が、そそくさと別の戸口から退出しようとするのを目にとめた。

声をかけるならいましかない。李奈は駆け寄った。「佐々木さん。山崎さん」

ふたりの刑事は迷惑そうに立ちどまった。佐々木が振りかえった。「杉浦さん。記者会見場に入れただけでも特別扱いですよ」

「わかっています。とても感謝してます。でもどうも納得がいかないことが……」

「個別の事案とみなした。そこについてでしょうね」佐々木はじれったそうにため息をついた。「よくあることなんです。警察にもいろいろ事情があるんですよ」

「どんなことですか」

山崎が仕方なさそうな顔で告げてきた。「捜査本部は金がかかります。一定以上の頭数を引き留めておかねばならない。特に町田署は、駅周辺の治安が悪く、取り締まりに多くの警察官が必要とされます」

「だからといって、亜矢音さんが亡くなった事件について、これで幕引きにしていいんでしょうか」

「『告白・女児失踪』を書いた汰柱こと棚橋が、最大の被疑者である事実は揺らぎません。彼が亜矢音さんを轢いたと考えるのが自然であり、また住居侵入や入水死とは、特に因果関係がみられないというのも、いまの説明どおりです」

佐々木が指先で額を掻いた。「まあ本音を明かせば、関連は疑われるものの、町田署の捜査本部はいったん解散、それだけです。住居侵入犯や入水死を追うち、亜矢音さんの死に関与した事実が浮き彫りになれば、またそちらの捜査も進むでしょう」

李奈の胸中に暗雲が垂れこめだした。「いまは捜査規模の縮小が優先される、そういうことですか」

「ええ。経費は無限にあるわけでもないんでね。亜矢音さん周辺のことは調べ尽くしたんです。今後は住居侵入犯の特定と、汰柱さんの入水死の経緯、両者の解明が捜査の中心になります。われわれにしてみれば通常の流れですよ」

通常の流れ。警察にとってはそうなのだろう。まちがっているとも思えない。町田署に捜査本部があったのは、惣崎祥子宅や町田市辻交差点、遺体が遺棄された草むらなどを調べるためだろう。地域への聞きこみを含め、現場の捜査はあらかた終わった。最も怪しむべき容疑者はすでに死亡している。町田署に捜査員らが詰める理由は、もうほとんどない。

それでも疑問が残る。不自然な小説の執筆と出版。告白といいながらも曖昧さの残る、創作部分を多く含む物語。汰柱は事件をもとにしたフィクションを書いたが、偶然にも事実と一致してしまった、その可能性を完全に否定していいのか。

刑事たちは李奈の疑念を察したらしい。佐々木がやれやれといいたげな顔を向けてきた。「警察にはさまざまな科学捜査の手段があります。あの本は犯人にしか書けなかったと信じるに足る、相応の裏付けがなされているんですよ」

「でもクラウンという車種さえ、本を読む前には判明していなかったんですよね？」

佐々木と山崎はむっとして押し黙った。山崎が冷やかにいった。「外にでてください。もう充分でしょう」

「あのう……」

「まだなにか？」

「イメタニア社がどこに移ったか判明しました。谷崎社長に会ってきたんですけど……」

「情報提供のつもりですか？　なら感謝します。でも彼らが三鷹にいることは把握してます。汰柱さんが亡くなった夜、谷崎社長がひとりで社屋に居残り、宅配便の受け取りをおこなったともききました」

李奈は言葉を失った。さすが警視庁捜査一課だった。イメタニア社はマスコミをだし抜こうと四苦八苦だが、警察には動きを押さえられている。

ふたりの刑事は戸口のわきに立った。李奈の退室を見届けるつもりだろう。黙って従うしかない。李奈は記者会見場をでた。通路は報道関係者らでごったがえしていた。そのなかを歩いていく。ときおり視線が投げかけられる。李奈は見かえさなかった。いまは誰とも話したくない。

22

李奈は夕暮れの新木場埠頭にたたずんだ。コンクリートの広場の果て、遠方に貨物船が停泊する。ガントリークレーンがゆっくりと稼働中だった。かなりの距離がある。ノイズはほとんど耳に届かない。海面には脆い夕陽の光が砕けていた。無数の煌めきが波間に浮かぶ。東京湾を囲む陸地沿いに、ネオンの明かりが灯りだす。じきに辺りは暗くなるだろう。日没後の埠頭は闇に覆われる。海面との境は見えづらくなる。クルマの乗りいれは禁止されているものの、看板が目にとまらず、うっかり進入することもありうる。まっすぐ走れば、そのまま海に飛びこんでしまう。

海中からクルマが引き揚げられただけなら、事故を疑う声も続出しただろう。問題は直前になされた一一〇番通報にある。

李奈の手には文庫本があった。松本清張の『疑惑』文春文庫版。栞を挟んだ一一三ページを開く。この明るさなら、まだかろうじて活字は読みとれる。

岸壁にむかって突進するとき、福太郎は本能的にブレーキを踏むことを恐れたのです。

汰柱の死が自殺だとしたら、クルマで海に飛びこむにあたり、この小説が脳裏をよぎったのか。仮に他殺なら、やはり犯人は『疑惑』を知っていて、遺言代わりに朗読を強制したのか。

一一〇番通報はこの埠頭からだ。ベンツSクラスは埠頭に進入したのち、いったん停車したのだろうか。運転中もハンズフリー通話は可能だが、小説を読みあげるとなると難しい。あるいは海に突進しながら、せめて気を紛らわせようと、文庫片手に朗読したのかもしれない。

いずれにせよ車内灯が点いていたと考えられる。しかしベンツの公式サイトによれば、現行Sクラスの前部座席の読書灯は、タッチ式で操作するらしい。スライド式スイッチや、押した状態でロックされる仕組みのボタンなら、点灯していた事実を物理的に確認できる。しかしタッチ式では、水没後に電装品が駄目になってしまうと、車内灯が点いていたか消えていたかは判断できない。

潮風が吹きつけてくる。コンクリートブロックに打ちつける波の音がきこえる。まだ夏は遠かった。少しばかり肌寒い。

なぜ『疑惑』を読みあげたのか。クルマで海に飛びこむことが伝われば、なんでもよかったのか。そうだとしてもニュアンスがずれている。特に〝福太郎は……〟から後の文章は、『疑惑』の作中でのみ意味をなすくだりだ。小説と同じ方法をとった痕跡はない。クルマごと入水自殺する意志を、ただ警察に知らせるだけなら、あそこまで読む必要はなかった。手前までの文章で充分のはずだ。

風が冷たくなってきた。現場に立てばなにかわかるかも、そう思って足を運んだものの、なんの収穫もなかった。ニュース番組で観た埠頭のようすと、印象はほとんど変わらない。辺りは徐々に暗くなりつつある。本を読むのはもうきつい。

李奈は埠頭をあとにした。新木場駅から有楽町線で市ケ谷駅、そこからは総武線各停で阿佐谷に帰る。きょうも徒労に終わった、そんな疲労感だけが残った。

原稿を一行も書けないまま、翌日また町田に向かった。『告白・女児失踪』には何度も目を通し、もう読み尽くした。『疑惑』と『悪霊島』もだ。とにかく現場周辺を訪ねるしかない。動くのを怠れば、なんの事実にも触れられない気がする。

とはいえ連絡もなしに、惣崎家を訪ねるのは非礼きわまりない。町田署の捜査本部も解散済みだった。そもそもノンフィクションライターなど歓迎されない。行けるのは町田市辻交差点と、遺体遺棄現場の草むらだけだった。

李奈は厚木街道から一本入った裏通りを歩いた。雑草の生い茂る空き地に近づく。ロープの張られた境界沿いは、たくさんの献花にあふれていた。

そこにひとりの女性がしゃがんでいる。年齢は四十代ぐらい、ローゲージニットのサマーセーターを着ていた。供えてあった本を回収し、新たに本を十冊近く、同じ場所に積みあげる。李奈が歩み寄ると、女性はおじぎをした。李奈も頭をさげた。

本を供えていたのはこの女性か。李奈は声をかけた。「初めまして。杉浦李奈といいます」

いきなり名乗る行為は、相手を引かせる可能性がある。しかし一方で自己紹介を誘えるかもしれない。どうなるにせよ反応をたしかめたかった。本を供える行為にどんな感情をこめていたのだろう。心の片鱗がのぞくことを期待した。

女性は控えめに微笑した。「野瀬玲子といいます。あなたも亜矢音ちゃんのご冥福をお祈りに……？」

「はい」李奈はほっとした。打ち解けた喜びばかりが理由ではない。玲子は以前の騒動で少しだけ顔の知られた、杉浦李奈という小説家について記憶にないらしい。スムーズな会話が期待できる。

玲子がきいてきた。「近くにお住まいですか?」

「いえ。阿佐谷から来ました」

「まあ。わざわざ遠いところから……」

「野瀬さんはこの辺りのかたなんですか」

「ええ。自治会にも入っているので、交替でここを掃除してます」

「お掃除ですか。大変ですね」

「そうでもありません。でもお供え物をそのままにして、お持ち帰りにならないかたも多いので」

こういう場所に供えた物は、ほどなく持ち帰るのがルールだった。しかしそのことを知らない人も多い。結局は近隣住民が片づけることになる。ただしあまりに早く撤去すると、供養への否定に受けとられかねない。地域には悩ましい問題だときく。

玲子が回収中の本は、すでに先日供えられた本とは、題名がちがっていた。雨風にさらされたようにも見えない。今回も児童文学と大人向けの本が半々だった。ミヒャエル・エンデの『モモ』と一緒に、徳冨蘆花(とくとみろか)の作品集がある。

李奈は本を眺めた。「亜矢音さんに『不如帰』は、まだ少し早いかも……」

すると玲子が嬉(うれ)しそうな顔になった。「文学にお詳しいんですか」

「それほどでもありません。ただ気になってたんです。このあいだも『赤毛のアン』や『ハリー・ポッター』に、泉鏡花や尾崎紅葉が交ぜてあったので」

「大人向けの文学はぜんぶ、亜矢音ちゃんが読書するふりをした本なんです」

「……亜矢音さんと知り合いだったんですか」

「ええ。正確にはお母さんの祥子さんと友達なんです。読書仲間でしてね。うちで読書会を開くとき、祥子さんが亜矢音ちゃんを連れてきていたんですよ」

胸騒ぎをおぼえる。たしかにここは惣崎家の近所だ。供養に訪れる人々のなかに、友達がいておかしくはない。李奈は玲子を見つめた。「わたしも先日、祥子さんのお家にうかがったんです。『世界古典文学全集』が本棚にぎっしり……」

玲子の顔には、より自然な笑みが浮かんだ。「『昭和文学全集』もでしょう？　めずらしい本をたくさんお持ちなので、短編ひとつを読むだけでも、文学談義に花が咲くんです」

「へえ。祥子さんはよく読書会に出席なさるんですか」

「出席なんて、そんな堅苦しいものではなくて、あくまで友達どうしの集まりですから……」玲子の顔に翳がさした。「亜矢音ちゃんが本を読むふりをしていたのも、仲間に加わってるつもりだったんでしょう。本好きになってくれるかどうか、祥子さんもわからないとおっしゃってたけど、お薦めの児童文学も添えようかと……」

「それでこういう組み合わせなんですね。読書会で亜矢音さんが触っていた本と、近い将来に読んでほしかった本」

「ええ。でも長くお供えするのは邪魔になるので、一時間ほどでまた新しい本に入れ替えて、夜にはぜんぶ持ち帰って……。ずっとそんなことをしています。なにかしていないと、どこか耐えきれなくて」

憐憫の情に胸が詰まりだす。惣崎母娘を知る友人であれば、いたたまれなさに苛まれる日々だろう。いまも亜矢音を読書会に招いている、そう信じることで、心の負担もいくらか軽減するのかもしれない。

玲子がふと思いついたようにいった。「きょうのお昼も、食事がてら読書会を予定しています。祥子さんはずっと来られないので、わたしと友人ふたりだけですけど……。よければ杉浦さんも来られますか？」

李奈は思わず声を弾ませた。「行っていいんですか？」

前向きな意思をしめされたことが、よほど嬉しかったらしい。玲子は目にうっすらと涙を浮かべながら微笑んだ。「ええ。読書好きのかたはどなたでも歓迎です。きっと亜矢音ちゃんも喜びます」

23

野瀬玲子の自宅は、草むらの空き地から百メートルと離れていなかった。わりと新しい輸入住宅の二階建てだった。ここへは三年前に引っ越してきたという。以前は新木場に住んでいたが、夫の仕事の都合でこちらに移った。読書好きとSNSで交流していて、偶然にも近所に住む惣崎祥子と、友達づきあいが始まったらしい。

吹き抜けのリビングには大きな書棚があった。角川書店の『日本近代文学大系』全六十一巻と、講談社の『世界動物文学全集』全三十巻がおさまっている。『世界動物文学全集』は、ジョイ・アダムソンの『野生のエルザ』やキプリングの『ジャングルブック』など、文字どおり動物に関する文学ばかりを収録した全集だった。ほかに集英社の『古典俳文学大系』全十六巻もある。

李奈が蔵書に感心していると、読書会のもうひとりのメンバーが到着した。年齢は四十代半ば、丸顔に眼鏡の大人しそうな婦人だった。名前は若槻智美。近所に住む共働き世帯の女性で、仕事はサービス業だが、きょうは休みだという。

智美は李奈を見るなりいった。「小説家さんですよね？」

「え？」李奈は困惑した。「いえ。あのう……」

玲子が目を丸くした。「作家さんだったんですか」

「まだほんの駆けだしにすぎないので」

すると智美が嬉しそうな声を響かせた。「ノンフィクションもだしてましたよね？岩崎翔吾の騒動に関しての。お顔をテレビで拝見しました」

室内が冷気を帯びだしたように感じられる。李奈は気まずさをおぼえた。取材目的を悟られただろうか。

しかし玲子はいっそうの笑みを湛えていった。「本物の作家さんが来てくださるなんて。ぜひ作品を拝読したいです」

「いえ」李奈は尻込みした。「わたしの本なんてとても……」

智美も悪気がなさそうに、ただ喜びの表情でうなずいた。「ここに祥子さんがいたら、きっと会話が弾みます」

李奈は複雑な気分になった。反発を受けなかったのは幸いだが、祥子が歓迎してくれるとは思えない。

玲子が隣りのダイニングキッチンへと向かった。「いまお茶をお淹れしますから」

惣崎母娘について話をききたいが、智美は小説談義にこそ興味があるらしい。「杉浦さん。『トウモロコシの粒は偶数』、前から読みたいと思ってたんです。今度きっと読みます」

気遣われるとかえって萎縮してしまう。李奈は話を逸らしにかかった。「ありがとうございます。若槻さん、ふだんはどんな本をお読みですか？」

「松本清張と横溝正史かしら」

李奈は口をつぐんだ。沈黙のなか、智美はただ微笑を浮かべている。

「杉浦さん」智美がじっと見つめてきた。「いまは汰柱桃蔵の事件を取材中なんですか？」

隠しても仕方がない。李奈はささやいた。「ノンフィクション本を執筆することになっています」

「やっぱりね」智美は目を細めたまま、ひそひそと告げてきた。「野瀬さんにはいわないでおきますけど、わたしは取材に協力しますから」

当惑せざるをえない。取材は後ろめたい行為なのだろうか。少なくとも智美はそう思っているようだ。ここにいる目的を明かせば、野瀬玲子が難色をしめす、智美はそのように警告しているらしい。李奈が読書好きを装い、玲子に接近した、そんな解釈なのだろう。

智美が興奮気味にいった。「汰柱桃蔵はクルマで海に飛びこむ寸前、一一〇番通報して、松本清張の『疑惑』を読みあげたんですよね？　車内に『疑惑』の文庫本があったんでしょう？　しかも自宅の寝室には横溝正史の『悪霊島』があったって」

『悪霊島』について報じられたのはつい最近だった。警察が汰柱邸の遺留品に関し、記者の質問に答えたからだ。ただし赤い枠線については、警察はなにも発表していない。よって世間にも取り沙汰されていない。秘密になっているというより、ただ警察が重要性を感じていない、それが理由らしい。興味本位の不要な質問が増える事態を、警察は歓迎していないのだろう。

智美は目を輝かせた。「二冊の本はメッセージですよ。松本清張と横溝正史ですから」

「あのう」李奈はきいた。「どういう意味でしょうか」

「清張は横溝作品を、お化け屋敷と揶揄しましたよね？」

「……そうなんですか？」

「またぁ。小説家さんなんだからご存じでしょう？」

「あくまで噂じゃないですか？　個人的には流言飛語ととらえてますけど」

読書家としての論客魂に火がついたらしい。智美は急に早口になった。「清張はパズラー的な本格推理小説に否定的で、トリックもなにもかも、一般社会に落としこんでこそ現代小説と主張してます。〝探偵小説をお化け屋敷の掛小屋から、リアリズムの外にだしたかった〟と書いてますよね。たしか昭和三十六年の『婦人公論』四月号です。横溝作品への批判でしょう？」

李奈は同意できなかった。控えめに否定してみせる。「そう思う人も多かったようですが、本当はちがうんじゃないかと……。清張はトリック偏重の推理小説全般について、その見世物っぽさを〝お化け屋敷の掛小屋〟と呼んだにすぎないのでは？」

智美は依然として笑顔だった。「それはあなたの意見ですよね？」

「……ええ。でも清張がお化け屋敷という言葉を用いたのは、わたしの知るかぎり、その『婦人公論』の誌面いちどきりです。横溝については言及せず、あくまで推理小説論に留（とど）まっています」

清張が横溝について、明確に言及するのは十五年後、まったく別の機会だった。そのときも清張は、質の低い推理小説が増えたせいで、横溝正史作品がふたたび注目を浴びるようになった、そういっているにすぎない。〝どんでん返しもあれば意外性もあって、コクがある〟から、横溝作品がまた流行(はや)りだした、そんな分析を披露している。いわば世相を評したにすぎず、横溝作品に関してはむしろ賞賛する側だった。のちに〝立派な完成品〟と呼んだこともある。横溝の影響を受けた後進作家の作風は批判しても、横溝本人に対し、作品群をお化け屋敷呼ばわりしたことはない。

智美は持論を曲げなかった。「でも清張は、横溝正史を無視しましたよね？」

李奈は首を横に振った。「清張は〝題名を挙げることを遠慮するが〟と断ったうえで、本格派の〝無意味な〟連続殺人を批判したんです。これについて荒正人(あらまさひと)が、横溝正史への侮辱だと書いたため、清張が反論しました。その過程で〝横溝正史氏を私が無視したことをいっているかもしれないが〟という一節がでてきます」

「無視したことに自覚的だったんですよね？」

「いえ。そもそも清張は、乱歩初期の作品に匹敵する、独創的な現代作家がいないと嘆いただけです。作家ひとりずつを名指しする気など毛頭なく、あれは〝横溝を無視したと解釈したかもしれないが〟という意味だと思います」

「昭和三十四年の『推理小説への招待』に論争が綴(つづ)られていますよね？　そのなかで清張は、横溝正史の作品が乱歩初期作に及ばないと明言してるでしょう？」

「そこも同じです。現代作家の推理小説全般が、乱歩初期作に匹敵できていない、そんな主張にすぎません。なら横溝についてはどう評価しているのかという問いを予測し、先んじてその答えを提示したんです。とにかく清張は横溝作品を、お化け屋敷と揶揄したことはありません。誤解が生んだ噂にすぎないと思います」

玲子が紅茶を運んできた。「まあ。若槻さん、めずらしく推理小説談義ですの？」

「杉浦さんが推理小説をお書きなものですから」

智美は文豪どうしの喧嘩も面白がるスタンスなのだろう。しかし李奈は、いちおう作家の端くれを自覚しているため、ゴシップ的な見方に同調できなかった。事実として智美には誤解がある。清張は横溝を侮辱していない。

それでもきいておきたかった。李奈は智美を見つめた。「さっきおっしゃいましたよね。二冊の本はメッセージだと」

すると智美はおどけた顔で李奈に目配せしてきた。玲子に顎をしゃくる。玲子は意味がわからないようすで途方に暮れている。

取材について隠すつもりはない。李奈はいった。「野瀬さん。わたし、亜矢音さんの事件について調べてるんです」

「……ああ」玲子の表情が曇りだした。「そうですの。取材でしたか……」

純粋に読書仲間がほしかったのだろう。李奈は頭をさげた。「ごめんなさい」

「いえ」玲子は力なく微笑した。「謝らないでください。本について話しかけられて、わたしも嬉しくなってしまって、つい……」

「本が好きなのはたしかです。お供え物の本についても、前から興味を持っていました。野瀬さんのやさしさに深く共感しています。ここに招いていただいたことも、心から感謝しています」李奈は智美に向き直った。「でも事実を知ることも、わたしにとっては重要です」

智美は真顔になった。「二冊の本は、汰柱桃蔵を殺した犯人からのメッセージでしょう」

玲子が驚きのいろを浮かべた。「若槻さん……？」

なおも智美はつづけた。「清張が横溝作品をお化け屋敷と侮辱した。わたしはそう信じていますので、その前提でいます。侮辱を受けた横溝は、十年間も書けなくなってしまった」

それ自体が誤解なのだが、李奈はひとまず先を急がせた。「『疑惑』と『悪霊島』にどんなメッセージが……？」

「犯人は女です」

「女性……ですか？」

「以前に汰柱桃蔵からなんらかの侮辱を受け、人生に挫折した女です。『悪霊島』には、過去の愛憎に起因する殺人が描かれています。犯人は汰柱に対し、同種の感情を抱いていたのです。と同時に、清張によって十年を失った横溝の呪いを、自分に重ねてもいます」

珍説めいてきた。李奈はきいた。「その象徴として『悪霊島』を置いていったんですか。汰柱さんのクルマのほうには『疑惑』を載せて」

「そうです。家のなかで汰柱の帰宅をまち、刃物を突きつけて脅したんでしょう。クルマで新木場埠頭に向かわせてから、一一〇番通報のうえ『疑惑』を朗読させた。『疑惑』の殺人も愛憎がらみですからね。しかも横溝を侮辱した、清張への復讐にも見立てています。そしてクルマごと海に飛びこむよう命令した」

きいて損した。しかし李奈は取材歴もしだいに長くなり、相手の機嫌を損なわない方法も身につきだしていた。李奈は神妙にうなずいてみせた。「なるほど。深いですね」

「そうでしょう？」智美の目は瞳孔が開ききっていた。「これは小説と作家にからめた見立て殺人です。犯人も作家かもしれない。女流作家で汰柱と過去に関係を持ち、怨念を抱くに至った人……」

智美ははっとした顔で李奈を見つめた。李奈はうんざりして視線を逸らした。読書家には稀に変わった人もいるが、智美はそのなかに含まれる。

李奈は玲子に向き直った。玲子は苦笑していた。どうやら智美による、本気か冗談かわからない主張は、読書会において日常茶飯事らしい。

「野瀬さん」李奈はいった。「お教えいただきたいことがあるんです。最後に亜矢音さんを見たのはいつでしたか」

玲子は小さくため息をついた。テーブルに置いた紅茶を勧めてくる。「冷めないうちにどうぞ」

「どうも……」李奈は頭をさげた。

「じつは警察のかたが聞きこみに来たんですけど、読書会のことは話しませんでした。祥子さんや亜矢音ちゃんと知り合いだとはいわなかったんです」

「……そうなんですか」

「夫は以前、新木場のほうで金融業を営んでいましてね。一方的に疑いをかけられ、警察に逮捕されたことがあります。誤認だったとあきらかになるまで大変でした。家宅捜索を受け、家のなかもめちゃくちゃに荒らされて……。近所に顔向けできなくなって、こっちに引っ越したんです」

新木場というのが胸にひっかかる。だが李奈はあえてそこに触れなかった。「警察への反感から、協力する気になれなかったんですね」

「ええ。でも永久にじゃありません。そのうち話しにいこうとは思っていました。もっとも、やましいことなんかありはしません。亜矢音ちゃんを最後に見たのは、失踪より一か月も前です」

「ずっと読書会はなかったんですか」

「いえ。亜矢音ちゃんの失踪当日にも読書会はありました。午後のまだ明るい時間でした。祥子さんはひとりで来ていました」

「ひとりで？」

「保育園に亜矢音ちゃんを迎えにいく前に、うちに寄ることがしばしばあって、あの日もそうだったんです。昼の一時から二時ぐらいまで、ここで読書会をしてから、祥子さんは保育園に向かいました」

「……祥子さんはシングルマザーのはずですけど、亜矢音ちゃんを保育園に預けて、働いていなかったんですか」

「ええ……。祥子さんは以前、書店員でしてね。文教堂の成瀬店に勤めてたんです。

でも育児疲れからか、精神面の不調で休んで、しばらく生活保護を受けてました」

「そうだったんですか」

「徐々に回復してきて、近いうち職場復帰する予定だったそうです。読書会もリハビリの一環だと、わたしたちはとらえていました」

「その日の読書会で、祥子さんに変わったようすは？」

「いつもと同じです。わたしと若槻さんがリクエストした本を、祥子さんは持ってきてくれました。一時間あれば、短編なら余裕で読めますし、長編でも肝心なところが拾い読みできるので」

「祥子さんはどういう本を持ってきたんですか」

　智美が口をはさんできた。「たしか『昭和文学全集』の七巻と十七巻……。それから『ラテンアメリカの文学』の二巻。『世界古典文学全集』の四十九巻」

　李奈のなかに鈍い感触があった。「四十九巻？　ルソーの『告白』ですか」

「そう」智美はうなずいた。「『告白』ですよ。文庫では分冊されてることが多いでしょう？　わたし、第二部の後半を読んでいなかったので、祥子さんにリクエストしたんです。正直読まなきゃよかったと後悔しました。第一部のユーモアは鳴りを潜め、ひたすら暗くて病的で」

「祥子さんは『告白』を持ち帰りましたか?」

「それはもちろん……」智美は玲子を見た。「ね?」

「はい」玲子がうなずいた。「そのあと主人が早めに帰ってきたので、お茶を片づけて……。夕食の前に、ここをいちど掃除しましたけど、忘れ物なんかありませんでした」

智子が李奈にたずねた。「なぜそんなことを気にするんですか」

「祥子さんの家の書棚、『告白』だけが抜けていたんです」

「『告白』だけが? それは奇妙」智美ははっと目を瞠った。「いま閃いたんですけど、おそらく『告白・女児失踪』を連想させるから……」

「いえ、それはもういいんです」李奈は片手をあげ智美を制した。「問題は祥子さんが、自分の意思で『告白』を、書棚から除去していなかった場合です」

祥子にだした手紙の返事は来ていない。あれ以来ずっと音信不通だった。無理に押しかけてたずねたのでは、祥子が完全に心を閉ざしてしまうかもしれない。それは悪手以外のなにものでもなかった。

「あのう」李奈は遠慮がちにきいた。「祥子さんに連絡していただけないでしょうか。『告白』が書棚になかった理由を知りたいのですが」

智美と玲子は困惑顔を見合わせた。玲子が弱ったようすでこぼした。「亜矢音ちゃんの告別式以降、もう連絡しないでくださいと、祥子さんから伝えられてしまって……」

李奈はつぶやいた。「そうですか……」

亜矢音の失踪当日、祥子は『告白』を外に持ちだしていた。家に持ち帰ってから、ただ書棚に戻していない、それだけのことだろうか。なにか意味があるように思えてならない。

24

薄曇りの午後、李奈は御茶ノ水駅からしばらく歩き、神田神保町の古書店街をめぐった。

都会のビル街ながら、一階部分には老舗の古本屋が連なる。靖国通りの南側に集中しているのは、本が日焼けしないよう、店を北向きにかまえるからだ。

古地図や浮世絵を扱う店には、昭和ばかりか大正や明治の書籍も置いてある。李奈はそういう店を次々に訪ねていった。めあては昭和四十一年に刊行された、筑摩書房

『世界古典文学全集』第四十九巻、ルソーの『告白』。

本についての謎を知るにはまず読書だ。しかし『世界古典文学全集』は、全巻セットで販売している古書店ばかりだった。価格も五万円から八万円。箱入りでまとめてラッピングしてあるため、手にとることもできない。

それでも苦労は実を結んだ。八木書店の一階、年代ものの書棚のなかに、各巻バラ売りの『世界古典文学全集』を発見した。第四十九巻『告白』もある。店主の了解を得たうえで、箱から本をとりだした。

ハードカバー、表紙と背に金の箔押しで、題名が鈍い光を放つ。本文は上下二段組だった。前に文庫で読んだことがあり、内容は多少記憶に残っている。フランスの哲学者ルソーによる自伝で、一七六四年から一七七〇年まで、六年間を執筆に費やした。初出版はルソーの死後、一七八二年。

作家になる前、若き日を描いた第一部の六章。みずからの思いが多く綴られた第二部の六章。全十二章からなる。読みづらさはなく、翻訳の文章表現も流れるように美しい。特に第一部は文学的な醍醐味に満ちている。

冒頭からルソーは、ひとりの人間の真実を見せる、そのように宣言する。まさに全編が告白だった。恵まれない境遇に生き、学校にはほとんど通わず、本を通じ独学で勉強した。貧富の格差社会をまのあたりにし、義憤に駆られたと書く一方で、自身の盗み癖や奔放な恋愛遍歴をも、包み隠すことなく綴る。わが子を施設送りにしたことも打ち明ける。第二部では非難と迫害を受け、見えない敵に怯(おび)えたルソーの、精神状態の危うさが文体にのぞく。

　貧しかった若年時代のルソーは読書にふけった。仕事そっちのけで本に夢中になり、職場の親方に叱られた。本を没収され、捨てられることもあった。それでも読書はやめなかった。ルソーにとって本のなかの世界は、知識の源泉であると同時に、ただひとつの逃げ場でもあった。

　常に読書と結びついた人生。李奈はかつてこのくだりに深い共感をおぼえた。読書会で会った若槻智美が、第二部を読みたいと願いながら、読後は暗澹(あんたん)とした気持ちになったのもわかる。読書を通じ将来の希望を信じる、若きルソーの天真爛漫(らんまん)さにこそ、本好きは魅了されるからだ。

　李奈はため息とともに本を閉じた。そっと箱のなかに戻し、元どおり書棚におさめる。惣崎祥子は『告白』をどうとらえているのだろう。

　ふいに背後から男性の声が呼びかけた。「杉浦李奈さん」

　驚きながら振りかえった。長身で短髪、眼鏡の中年男性が立っていた。推理作家協会のパーティーで会った人物だ。警察小説を得意とする大御所作家、桐越昴良だった。

「あー」李奈は思わず声をあげた。「桐越さん。以前はどうも」

「しばらくぶりだね」桐越が微笑とともに、落ち着いた声で問いかけた。「いま忙しいんだろう？　汰柱桃蔵に関するノンフィクション本にとりかかってるとか」

「よくご存じで……。ＫＡＤＯＫＡＷＡの人にきいたんですか」

「いや。最近はＫＡＤＯＫＡＷＡとご無沙汰でね」

「そうなんですか？」

「外で話そう」桐越が歩きだした。「いまは集英社に寄った帰りなんだよ」

　李奈は桐越とともに歩道にでた。静寂に満ちた古書店のなかとちがい、靖国通りは賑やかだった。李奈は桐越にいった。「ＫＡＤＯＫＡＷＡの『野性時代』に、また連載が始まるかと思っていましたが」

「詳しいね。そういう話はあったんだけど、まったく関係のないことで、担当編集と疎遠になってしまって」

「なにかあったんでしょうか」

「前に『私の一冊』という、ユーチューブ用の収録を依頼されて、わざわざ会社まで出向いたことがあった。カンペを見て喋るだけの簡単なお仕事だったけど、どうやらお蔵入りになったらしくてね。それを編集が申しわけなく思ってるのか、なかなか連絡してこないんだ」

あの企画は再生回数が伸びていないときいた。編集者も事情を伝えづらいのだろう。李奈は笑ってみせた。「気にしてないと桐越さんのほうから、メールでもなさったら……」

桐越がにやりとした。「ま、そこは少し、こっちにもプライドがあるんでね。向こうからいってこないと」

小説家と担当編集者の関係もさまざまのようだ。よくわからないが、大御所には譲れない部分もあるのだろう。李奈はそれ以上たずねなかった。「桐越さんほどになると、きっと警察への取材もお楽でしょうね」

「そうばかりではないよ。記者とは立場のちがう門外漢だからね。でもきみのことは、捜査一課の人からきいた。佐々木君や山崎君と知り合いなんだろ?」

「はい。さすが……」

「いや、彼らは岩崎翔吾の事件にも関わっていたから、出版業界人として話しやすいんだ。きみのことも感心してたよ? どんどん度胸が備わってきてるって」

「このあいだ、ずうずうしく食いさがってしまったからです。反省してます」

「反省なんてとんでもない。取材にそういう心構えは重要じゃないか。ただし今後は、警察から情報を得ようとしても、成果はあがらないんじゃないかと思う」

「なぜですか？」

「被疑者死亡のまま書類送検というのは、不起訴が前提になるため、警察は急にやる気を失うものなんだよ。予算も下りなくなる」

「あー……。町田署の捜査本部が解散したのも、やはりそれが原因ですか」

「警察官も公務員だ。真相を究明したいという、立派な心がけの捜査員がいたとしても、命令には逆らえない」

「でも汰柱さんの家への侵入者だとか、汰柱さんがクルマごと海に飛びこんだ件については、捜査が継続するんですよね？」

「たいして期待できないな。警視庁のサイトに、〝情報をお寄せください〟と題したメールフォームができるぐらいだろう。それも懸賞金をかけるほど、力の入った公募には発展しない。汰柱さんの身内といえば、あまり仲良くない弟さんぐらいだし」

「警察が自発的に動いてくれないんでしょうか？」

「侵入者が防護服を着用していたんだろ？　人物像の特定だけでも手間がかかる。警察はそこまでしないよ。亜矢音さんを轢いたのは汰柱さんで、因果応報だと世間は思ってる。汰柱さんの無念を晴らせという声も、ほとんどあがっていない」

寂しい話にきこえる。だが推理作家協会のパーティーで見たかぎり、業界にも仲間は多くなさそうだった。汰柱桃蔵の愛読者は大勢いたはずが、不名誉な作家と認識されてからは、小説の売り上げも伸び悩んでいる。『告白・女児失踪』は依然ベストセラーだが、購買層はあきらかにかつての愛読者とはちがう。

李奈はため息をついた。「法律は正義じゃなくて、きわめて不完全なシステム……」

桐越が笑いながら先をつづけた。「いくつかボタンを押すうち、運よく正義が貫かれるかもしれない。法律がめざすのはそんなメカニズムだけ……。チャンドラーだね。若いのによく知ってる」

「あんなに腐敗した悪徳警官だらけの世界観は、とても想像できませんけど」

「わからないよ。僕らも案外、マーロウと同じような社会に暮らしてるのかも」

警察小説の名手、桐越昴良がいうと、妙に説得力がある。たちまち厭世感が頭をもたげてきて、虚無にとらわれそうになる。警察が頼りにならなかったら、いったいなにを信じればいいのか。

そのときハンドバッグのなかに振動を感じた。李奈はスマホをとりだした。画面に表示された名を見て、李奈は思わず息を呑んだ。

桐越がきいた。「表情から察するに吉報かな？」

まだわからない。けれども希望はつながれた。惣崎祥子からの電話だった。

25

町田市原町田四丁目にある珈琲舎ロッセ、昭和レトロ風の店内が、落ち着いた趣に満ちている。李奈はテーブル席につき、惣崎祥子と向かいあった。

祥子はいっそう痩せたようだ。おそらく身体に合っていたサマーカーディガンが、いまはひとまわり大きい。疲れきった青白い顔がうつむいたまま、なにも話さない。

ふたつのコーヒーが湯気を立ち上らせている。祥子が話しだすまで、気長にいくらでもまつ、李奈はそう心にきめていた。

いくらか時間が過ぎた。祥子が喉に絡む声でささやいた。『佐渡の三人』、とてもよかったです」

李奈は顔をあげた。手紙に添えた文庫。祥子は読んでくれたらしい。

祥子の疲れきったまなざしは、依然としてコーヒーを眺めていた。「わたしはひとりきりです。でももし家族がいたなら、亜矢音が亡くなったあとも、あんな感じかもって……。ずっと厳粛でいる必要はないんだなって、少し気が楽になりました」

まだ祥子の表情は暗く沈んでいる。李奈は気遣いながらいった。「あまり無理はなさらないでください。こうしてまたお会いできただけでも嬉しいので」

「あなたからのお手紙を読んで、もういちどお話しさせていただこうかと……」

李奈は緊張をおぼえた。しかし居住まいを正しただけでも、祥子を警戒させてしまうかもしれない。あえて穏やかにうながした。「どんなことでも……」

「じつはうちの書棚から、貴重な本が一冊なくなっていて……。そのことで亜矢音を叱ったんです」

「……ルソーの『告白』ですか」

祥子の視線があがった。「ご存じでしたか」

「『世界古典文学全集』が一冊足りないのは気づいていました。第四十九巻ですね」

「そうです」祥子はため息を漏らした。「全集のなかでも終盤のほうですから、書棚の最下段にありました。だから亜矢音にも手が届きます」

「それで亜矢音さんが持ちだしたと思ったんですか。でもその日、あなたは野瀬玲子さんの家に、『告白』を持っていったはず……」

祥子は虚空を眺め、弱々しく微笑した。「そこも取材なさったんですね。読書会についても……?」

「はい。野瀬さんや若槻さんと、よく会っておられたと」

「若槻智美さん、変わった人でしょう?」

「……ええ。少し」

「悪気はないんです。でも本の世界に入りこんだままの気分で話すから、相手の心情を察しきれないことがあって」

李奈は思わず苦笑した。「とてもユニークなかたですよね」

祥子の顔には微笑が留まっている。それが徐々に真顔へと変わっていく。「玲子さん家の読書会には、いつも三冊か四冊ぐらい持っていきます。あの日は全集の大きな本ばかりでした。智美さんが『告白』を読みたいといったので、それも忘れちゃいけないと思っていました」

「重かったでしょう?」

「いえ、自転車に載せていきましたから」

李奈は惣崎家の玄関前に停めてある自転車を思いだした。「前にカゴがついてましたよね。でも全集の本がおさまりますか?」

「はい、なんとか。縦に揃えれば」

「カゴは浅めですから、多少ぐらつきますね」

「そうなんです……。途中で落とすことも、ないとはいいきれません。注意していたつもりですが、亜矢音を保育園に迎えにいってから、急いで帰路に就いたので……。天気が崩れかけてたんです。実際、帰宅後に小雨がぱらつきました。にわか雨だったらしくて、すぐあがりましたけど」

「降りだす前に帰れたんですね」

「ええ。亜矢音を自転車の後ろから降ろし、数冊の本を抱えて、家のなかに入りました。書棚に本を戻したんですが、そのときに『告白』があったかは……」

「おぼえていないんですか？」

祥子は困惑の面持ちでうなずいた。「気もそぞろだったので、はっきりとは思いだせません。でもそのときはちゃんと、すべての本を戻したと信じていました。だから夕食の支度前、書棚に『告白』がないことに気づき、驚いたんです。亜矢音はときどき、本を玩具（おもちゃ）がわりに持ちだすことがあったので、それを疑ってしまい……」

「亜矢音さんを責めてしまったとか……？」

「反省しています。忙しいときには心に余裕がなくなります。わたしひとりで亜矢音の面倒をみて、掃除も洗濯も買い物もして、税金や光熱費を払いに行って……。亜矢音にきつくあたっては、後悔することの繰りかえしです」

「あなたには読書という救いがありますけど、亜矢音さんは……」

「ええ」祥子はまたうつむき、涙声でささやいた。「わたしが読書に逃げるたび、亜矢音はきっと不満を抱えていたでしょう。ご存じかどうか、ルソーの『告白』には、わたしが強く共感する部分がありました」

「ルソーも読書が心の支えでしたからね」

祥子が小さくうなずいた。「『告白』という本を大事に思っていました。だから書棚から消えたことに、わたしは動揺してしまったんです。それだけたいせつな本なら、帰宅したときに書棚に戻したかどうか、ちゃんとおぼえておくべきなんですけど……」

李奈は首を横に振った。「あなたのせいじゃありません。絶えず注意を怠らないなんて、誰だって無理です」

「……亜矢音がひとりで外にでてしまったのは、その一時間後か二時間後です。わたしは亜矢音がいなくなっていることに気づけなかったんです。強く叱ったせいで、あの子は心を痛め、家をでていった。そしてクルマに轢かれてしまったかと思うと…

「……」

店内に厳かに流れるピアノ曲が、ぼんやりと耳に届く。それだけの静寂が漂っていた。うつむく祥子の顔から涙が滴り落ちる。直視するのも辛い。李奈はただコーヒーカップを眺めるしかなかった。

「杉浦さん」祥子がささやきを漏らした。「ルソーのように告白を綴れば、わたしの人生は過ちだらけです」

「誰だってそうですよ」李奈はいった。

「ルソーは『告白』のなかに、自分のすべてをさらけだしました。だからこそ愛着が湧いたんです。逆の意味で汰柱桃蔵の本は許せない。あそこにあるのはすべて欺瞞です。わたしは誰かに恨みを買ったおぼえなんかない。どこかの男が復讐のために、亜矢音を轢くなんてありえない……」

李奈はうなずいた。「きっと創作でしょう」

「あの本にはわたしの感傷まで書いてありました。終盤、わたしから亜矢音への贖罪が綴られています。きっと読者に涙を流させるためでしょう。わたしはたいした読書人じゃありませんが、あれは安易で、表層的で……。文学ではけっしてありえません」

娘を失った母の気持ちを、汰柱が勝手に想像し、さも伝聞のように綴った。そんな章があったのはたしかだ。祥子にしてみれば耐えがたいものがあるだろう。

李奈はつぶやくしかなかった。「お察しします……」

さっきまでのピアノは知らない曲だった。いまはエルガーの『愛の挨拶（あいさつ）』作品12の、静かな調べだとわかる。

「わたしは」祥子が吐息に似たささやきを口にした。「このことを警察に打ち明けられなかった。亜矢音が暗くなってから、ひとりで外にでたのは、わたしが叱ったせいだと……。わかっていたのにいえずじまいだった。わたしは卑怯（ひきょう）な母親です」

「ちがいます。誰もルソーのように、自分を赤裸々には表せません。みんなそれぞれ告白できないことはあるんです」

また沈黙が生じた。祥子は両手で顔を覆った。肩を震わせながら、ひたすら泣き声を押し殺している。

同情心に当惑の思いが織り交ざる。いまひとつの告白をきいた。だが李奈は祥子を取材する立場だ。ノンフィクション本を書かねばならない。とはいえ彼女の告白を原稿に再現していいのか、その許可を得たとはいえない。そもそも祥子は出版に反対している。

祥子の顔がゆっくりとあがった。目に涙があふれ、鼻が赤らんでいる。震える声で祥子はいった。「杉浦さん」

「はい」

「いまわたしが伝えたこと、お書きになるのもならないのも、杉浦さんの自由です」

「……ノンフィクション本の原稿が書きあがったら、お読みいただけますか」

いくらか間があった。やがて祥子はうなずいた。「あなたのことだから、きっと真実だけを綴ってくださるでしょう。もし問題がなければ……」

出版を許可するかもしれない。可能性を匂わせながらも、祥子はその先を言葉にしなかった。それでも李奈にとっては充分な返答だった。

祥子が遠慮がちに語りかけてきた。「ひとつお願いがあるんですが」

「どんなことでも……」

「ぜひ編集者のかたにもお会いしたいんです。どのような思いで出版なさるのか知っておきたいので」

本づくりに携わるのがどんな人間か、祥子は確認したがっている。出版への前向きな気持ちが、少しずつ表れてきた、その証だろうか。菊池の商売っ気を見透かし、難色をしめすこともありうる。しかしそうなったとしても仕方がない。編集部サイドも祥子の心情を汲みとるべきだ。互いに理解しあえないのなら、こんな本をだすべきではない。あまりにも重すぎる。

「わかりました」李奈は偽らざる思いとともにいった。「ぜひ編集者ともお話しください。すべてあなたの決定にしたがいます」

26

夜になって窓の外に雨音がきこえだした。李奈は代々木八幡駅近くのマンション、那覇優佳の部屋に来ていた。

仕事場のフローリングに、李奈と優佳は腰を下ろした。低いテーブルの上、デリバリーのフライドチキンに手を伸ばす。

これがきょうの夕食だった。阿佐谷のアパートでひとり黙々と食べるより、相談相手がいるぶんだけ救われる。李奈はこぼした。「ノンフィクション本の執筆を始めてるけど、結局なにも真相はわからないまま。曖昧に終始するしかない」

「でもさ」優佳がチキンを頬張りながらいった。「ルソーの『告白』が、亜矢音さんの家出のきっかけだとか、これまでは報道されてないんでしょ？　いちおう取材の成果っていうか、新事実と呼べるんじゃない？」

　李奈は首を横に振った。「そのことは書かない可能性がある」

「なんで？　せっかく祥子さんが打ち明けてくれたのに」

「意味がない。祥子さんを責めるだけの内容になっちゃうし。世間が糾弾するのは目に見えてる」

「そうだけど、祥子さんは李奈に書いてもらう前提で告白したんじゃなくて？」

　おそらく祥子は自分が罰せられるべきと考えている。けれども社会は容赦がない。非難の集中砲火を浴び、祥子は吊しあげの憂き目に遭う。そうなるとわかっていて、事実の断片だけを公表できない。

　李奈はつぶやいた。「ノンフィクション本の読者は、問いの答えを求めるだろうけど、なにひとつ期待に添えない。汰柱さんの家に侵入したのは誰か。なぜ汰柱さんは『疑惑』を読みあげたうえで、クルマごと海に飛びこんだのか。そもそも本当に亜矢音さんを轢いたのか。ちがうとすれば、どうして遺体遺棄現場まで知っていたのか」

　優佳がつづけた。「それらをなぜ『告白・女児失踪』に書いたのか。しかもフィクションが多分に交ざってる。ベストセラー狙いの話題づくりかと思いきや、印税を放棄して出版のみを急いだ。どんな理由でそうしたのか……。ノンフィクション本なら、やっぱりその辺りのことが書かれてなきゃね」

「でしょ？」李奈はため息をつくしかなかった。「でも無理。警察の捜査も、今後は細々とおこなわれるだけだし、なにか新しい事実が判明しても、テレビや新聞の報道のほうが早いし」

「李奈がひとりで頑張るのには限度があるよね。もともと小説家だし」

「前にも思ったけど、なんでこんなことしてるんだか……」

「菊池さんに苦情をいれたら？」

「いえ。今回はわたしが自分で志願したんだし……。やっぱり愚痴るのはまちがってる」

「なんでまたノンフィクション本を書こうと思ったの？　現実の社会を描くなんて難しいから、ファンタジーだけ執筆したいとか、以前そんなこといってなかった？」

「苦手なことに挑戦したかったのもあるけど……」

祥子を本嫌いにさせたくなかった。理由はそれだけなのか。なぜそこまでこだわるのだろう。自問するまでもない。読書を趣味とする人を、たとえひとりでも失いたくない、そんな願いが生じるからだ。本を愛する人は、ずっとそのままでいてほしい。嫌いになるとしても、その原因が『告白・女児失踪』だなんてあんまりだ。

だからこそ『告白・女児失踪』という本がなんなのか、それを解明したかった。実際の事件を下敷きにした、悪趣味なモキュメンタリーにすぎなかったのか。あるいは真実を伝えようとしたものの、なんらかの理由でフィクションとしての発表を余儀なくされたのか。

汰柱が真犯人の告白を、ひとりで勝手に小説化するとは思えない。架空の物語と誤解していたにせよ、他人から売りこまれたアイディアを受けいれる作家でもない。すなわち汰柱があんな本を書くこと自体がありえない。儲けなしに働く男でもない。だが文体や構成からして、汰柱の筆であることは疑いの余地がない。なぜ『告白・女児失踪』はこの世に存在するのか。

李奈は両手で頭を抱えた。自然に唸り声が漏れる。

優佳が身を乗りだした。「ちょっと。だいじょうぶ?」

「書くための切り口がまったく見つからない。薄くてしょぼいトリックのネタ一個だけで、長編のミステリ書かなきゃいけないときに似てる」

「あー。ドアを押しても引いても開かなくて、密室殺人だと思ったら、じつは引き戸だったとか?」

思わず吹きだしながら李奈はいった。「さすがにそこまでしょぼいと、マジで長編は苦労するでしょ」

「取材で情報を得ないと、内容がペラくなるよね。そこはフィクションもノンフィクションも同じだと思う。せめて誰か熱心な協力者がいてくれたら……」

ふいにチャイムが鳴った。インターホンの子機のランプが点滅している。

李奈はきいた。「誰か来る予定があった？」

「こんな時間にまさか……」優佳は子機に近づいた。「あれ？　画面が真っ青。エントランスが映ってないよ」

「ってことは、まさかこの部屋のドア前？」

オートロックのエントランスからの呼びだしではない。すでにマンション内に立ち入った誰かが、部屋を訪ねてきている。優佳が緊張のいろとともに腰を浮かせる。李奈もそれに倣った。ふたりでダイニングキッチンに移動し、靴脱ぎ場に歩み寄る。

優佳がドアの向こうに呼びかけた。「どなたですか？」

若い男の声が答えた。「僕だよ」

李奈と優佳は顔を見合わせた。聞き覚えのある声、誰なのかはすぐにわかった。優佳が解錠にかかる。ドアが開いた。

ずぶ濡れのテーラードジャケットをまとった曽埜田が、息を弾ませ入室してきた。

両手には大きなゴミ袋をふたつ提げている。雨音が音量を増したが、曽埜田の背後でドアが閉まると、また静かになった。

「なに？」優佳が面食らったようすで吐き捨てた。「うちは集積所じゃないんですけど」

曽埜田の前髪から雫が滴り落ちる。真剣なまなざしが、まっすぐ李奈をとらえていた。つぶやくように曽埜田はいった。「望みなしと思われることも、あえておこなえば……」

李奈は感慨とともに後をひきとった。「成ることしばしばあり」

シェイクスピアの言葉だ。曽埜田は戻ってきてくれた。この取材は分の悪い賭けでしかない、そう承知しながら、ふたたび困難に挑もうとしている。しかも李奈との協力関係を、なにより優先してくれたらしい。

優佳があきれたように曽埜田にきいた。「どうやってマンション内に入りこんだんですか」

「人聞きの悪い。この時間は帰宅する住民が多いから、失敬して一緒に入らせてもらっただけだよ。一刻を急ぐと思って」

「李奈がここにいるって知ってたとか？」

「ＫＡＤＯＫＡＷＡの菊池さんに問い合わせた」曽埜田は李奈に向き直った。「杉浦さん。これらは汰柱さん家(ち)のゴミだ」

「ゴミ？」李奈は驚いた。

「そう。弟の啓治さんが、ゴミの片づけを引き受けながら、じつは持ち帰ってた」

「なぜですか」

「理由は詳しく語りたがらないけど、たぶん兄の弱みを握って、財産分与をねだりたかったんだと思う」

優佳が頓狂(とんきょう)な声を発した。「マジで？　兄を強請(ゆす)るためのネタ探しに、ゴミを漁(あさ)ってたわけ？」

曽埜田はうなずいた。「仲がよさそうでもないのに、弟の啓治さんは、あの家の合鍵(あいかぎ)を持ってた。理由が気になって問い詰めたら、ようやく白状してくれたよ。ハウスクリーニング業者より安い報酬で、週に一回、汰柱邸を掃除してたって」

「やりますね」優佳が笑顔を李奈に向けてきた。「根性の取材ってやつ。やっぱ男の人は頼りになる」

ゴミ袋ふたつをフローリングの床に置く。曽埜田がため息まじりに告げてきた。

「残ってるのはこれで全部だ。まだ啓治さんも調べてない。事件が起きてからは怖くなって、ずっと押し入れに放置してたとか」

　すると警察にも知らせていないのだろう。李奈の心拍は自然に速まりだした。「いいんですか……？」

「警察は捜査本部を解散して、すっかりやる気なしだろ？　真相究明に前向きなのは僕らしかいないよ。本当に重要な手がかりがあったら、あとで届ければいい。たぶんこれが最後のチャンスだ」

　そうにちがいない。汰柱の弟に対し、曽埜田は必死で食い下がり、独自に遺留品を得た。八方塞がり、あきらめかけていた取材における、唯一残された希望だった。

　曽埜田がいった。「杉浦さん。責任はぜんぶ僕が負う。もしこのことを警察に咎められたら、僕のせいにしてくれてかまわない。きみひとりに困難な取材をつづけさせたくない。少しでも力になりたいと思う」

　李奈は胸が詰まる思いだった。「でもどうしてそこまで……」

　優佳が口をはさんだ。「野暮なことはきかないほうがいいんじゃない？　理由はわたし、前にいったんだけど」

「なんだっけ？」

「ったく。ガガ文庫かよ」優佳がキッチンの引き出しを開け、使い捨てのビニール手袋をとりだした。李奈と曽埜田に配りながらいった。「三人とも共犯。指紋だけは気をつけて」

ゴミ袋をダイニングキッチンの真んなかに置いた。曽埜田が袋を開けた。三人で手分けしながら、ひとつずつ慎重にゴミをとりだしていく。

胸の躍るような昂揚感は、たちまち萎えしぼんでいった。ひとり暮らしのゴミはたかが知れている。まず大半が郵便受けに投げこまれたとおぼしき、業者のチラシやダイレクトメールの類いだった。デリバリーの空容器もあったが、ごく少数でしかない。食事をとるのは仕事場か、もしくは外食が多かったのだろう。

優佳の眉間に皺が寄った。「ミステリならたいてい、ゴミのなかから運よく領収書が見つかって、どこに行ってたか判明するけど……」

「ないな」曽埜田が顔をしかめた。「謎めいた物なんかいっさいない」

人に見られては困るような、いかがわしい類いの私物も目につかない。そういうゴミは、汰柱が独自に処分していたのかもしれない。掃除を弟に一任する以上、兄としての面子を失いかねない物は、安易にゴミ箱に捨てなかった可能性がある。

著者見本の文庫本も見あたらない。そういう物はすべて仕事場にあったようだ。

希望を失いかけたとき、一枚の付箋が指先に貼りついた。黄いろい付箋だった。なにかに貼ってあったらしく、折れ曲がった痕がある。糊も古くなっていた。粘着性が落ちて剝がれたと思われる。

曽埜田がきいた。「それは?」

「付箋」李奈はボールペンで記された字を見つめた。「英語が書いてある」

Xlet it be

優佳が目をぱちくりさせた。「なにこれ。〝Xlet〟って?」

曽埜田は手袋を外し、スマホをいじりだした。「そんな単語あったかな。検索してみるか」

「……どうですか?」優佳がきいた。

「英語の記事ばかりだ。Xlet。デジタルテレビのアプリケーションを導入するための物で、JAVAアプレットによく似ている……?」

「文章全体を検索にかけたら? 〝Xlet it be〟を」

すると曽埜田が鼻で笑った。「〝もしかして let it be?〟とでた」

うんざり顔で優佳がぼやいた。「『レット・イット・ビー』なら知ってるよ」

李奈はふと思いついた。「これ、ひょっとして頭についてるのはXじゃなくて、×印？」

優佳がのぞきこんだ。「あー。……ありうる。〝let it be〟に×がつけてあるのかな」

曽埜田がスマホの画面をタップした。「いまは〝let it be〟の検索結果が表示されてる。トップの項目はこれだ。ユーチューブ動画かな」

スマホの内蔵スピーカーから、静かなピアノの前奏が流れだした。誰もが知る名曲の旋律だった。ポール・マッカートニーがビートルズを脱退する前の、最後のシングル。やさしく深みのあるボーカルが、厳かに響き渡った。

When I find myself in times of trouble, Mother Mary comes to me
Speaking words of wisdom, let it be……

李奈は虚空を眺めていた。なにも見えていないわけではない。部屋にない状況が目に映るようだった。

断崖から身を投げる人影。背中合わせの双子のミイラ。洞窟のなかを駆けてくる金田一耕助。小説を読んだときに思い描いた光景、その記憶とはまるで異なる。なのにくだんの人物が金田一だと認識できている。

「ああ！」李奈は跳ね起きるように立ちあがった。

「な」優佳が驚きの声を発した。「なによ急に」

茫然とたたずむ李奈の耳に、ビートルズの楽曲が穏やかに触れてくる。李奈はつぶやいた。「鵺の鳴く夜は恐ろしい……」

「はあ？　ちょっと李奈。だいじょうぶ？」

曽埜田がいった。「『悪霊島』だ」

「なにが？」優佳がじれったそうに曽埜田にきいた。「この曲のどこに横溝正史テイストが？」

「小説じゃないんだ。一九八一年の角川映画」

「映画……？」

「この曲が主題歌に採用されてた」

異常な神経の昂ぶりが心臓を凝結させる。全身に鳥肌が立った。この付箋を警察が調べても、きっとなにも気づかなかっただろう。だが李奈にとってはちがった。あまりの衝撃に、李奈はめまいをおぼえた。そうだ。可能性はそれしかない。鍵はやはり

『悪霊島』だった。

李奈は焦燥とともに曽埜田を振りかえった。「明日、朝一番で行きたい取材先があります。もし断られても押しかけたい」

曽埜田が眉をひそめた。「惣崎祥子さんの家か？」

「いいえ。いまはもっと重要な場所があります」李奈は熱に浮かされたような気分のなかで、ひたすら語気を強めた。「臆測が過ぎるにしても、どうしてもたしかめたいんです」

27

李奈は曽埜田とともに、中野区中野五丁目、𣳾なる会社を訪ねた。

古い住宅街のなか、うねるように延びる狭い路地の先、二階建てプレハブが建っている。一階に𣳾の看板がでていた。ドアは開放され、なかはオフィス兼工場だとわかる。外階段を上った二階は倉庫のようだ。

印刷所に似た機材が、一階の床面積の大半を占める。こめかみに白いものを残し、頭頂の禿げた作業着姿が、丹下知治なる社長だった。作業着の胸には𣳾のロゴの刺繡がある。老眼鏡により、丹下のぎょろ目はいっそう拡大されていた。突然の訪問だったが、丹下は渋々ながら社内を案内してくれた。

同じ作業着姿の従業員らが大勢立ち働いている。ポリプロピレンシート製造装置が、クリアファイル用のシートそれ自体を作りだす。ほかには抜き打ち機や、UVオフセット印刷機が並ぶ。一貫して自社生産できる体制だという。

李奈は騒音に掻き消されまいと声を張った。「源って、太宰治の生家の屋号と、なにか関係あるんですか」

「ほう」丹下が初めて興味深そうな顔になった。「よく知っとるね。いや関係はないんだが、うちの創業者が青森の出身でな。北津軽の五所川原市金木町というところで」

「あー。斜陽館がある地域じゃないですか。まさに太宰の生家ですね。ものすごく立派な豪邸だとか」

「それを誇ってたらしくて、こういう社名にしたそうだ」

曽埜田が耳打ちしてきた。「杉浦さん。無駄話をしている暇はないよ」

わかっている。もう少し社長と打ち解けてからにしたかったが、やはりまちきれなかった。李奈は単刀直入にいった。「すみませんが受注データを見せていただきたいんです」

「はぁ？」丹下の顔がまた険しくなった。「なんの受注データかね」

「こちらの会社のです。二か月半ぐらい前にお受けになった仕事について知りたくて」

「なんでそんなことを知りたい？　あんたがた、さっき作家さんとおっしゃってなかったか」

「そうです。ふたりとも小説家で」

「それがどうして受注データなんか見たがる？」

「ある事件を追いかけていまして、取材の一環なんです」

近くにいた作業着姿の婦人は、社長夫人かもしれない。仏頂面で丹下にいった。「その子、前にテレビにでてた作家さんじゃない？　岩崎翔吾を取材してた……」

李奈の心は躍った。「はい！　今回も同じような仕事で、汰柱桃蔵さんを調べていまして」

「汰柱！」丹下がいっそう目を剝いた。「あんなのは人間のクズだ。幼い女の子を轢いておいて、それを本に書いて、金儲けを企むとはな。ヤクザに消されてせいせいする」

「……ヤクザに消されたんですか？」

「当然だろう。どうせ裏社会とトラブルがあったんだ」

婦人が事務机に顎をしゃくった。「帳簿を見せてあげればいいんじゃない？」

丹下は曽埜田を見つめ、次いでまた李奈に視線を向けてきた。「汰柱の肩を持つのなら協力せんよ」

「公平を心がけ、事実のみを書くことを誓います」

「まさかうちに、あの男からの発注が……」

「いえ。汰柱さんが発注したわけじゃありません」

「結構。こっちに来てくれ。あんな奴の悪事は暴ききってくれよ」

鼻息の荒い丹下に、事務机へといざなわれた。アルミ製の書棚にファイルがおさめてある。背表紙のシールに日付が記載されていた。

李奈はきいた。「手にとってもいいですか」

「ああ。どうぞ」丹下が応じた。

二か月半前、その前後の期間を調べたい。李奈は該当する日付のファイルを手にとった。帳簿はコンピューターの記録をプリントアウトしていた。発注元の会社名、担当者名、それにオーダー内容の詳細。

めあての記録はすぐに見つかった。李奈はそれを指さした。クリアファイルのサイズ、幅二一〇ミリ、高さ三六四ミリ。

曽埜田がファイルをのぞきこんだ。神妙な顔でうなずく。「あったな」

「ありました」李奈は胸が締めつけられる思いだった。「知りたくなんかなかった」

川端康成の『虹いくたび』の一節が思い起こされる。言葉が痛切な実感となるのは、痛切な体験のなかでだ。

28

雨降りの朝、李奈は重苦しい気分で、惣崎祥子の家を訪ねた。

祥子と顔を合わせるだけでも辛い。このあと家のなかでなにが起きるか、ほぼ予想がつくからだ。

むろん祥子はなにも危惧していないようすで、李奈を迎えてくれた。きょうは曽埜田が同行していない。祥子と約束したとおり、本の制作に携わる人間だけを連れてきた。KADOKAWAの担当編集者の菊池と、編集長の宮宇だった。どちらもモノトーンのスーツを着て、事務カバンを提げている。ふたりとも祥子にお悔やみを口にした。祥子は黙って頭をさげた。

和室の居間の仏壇には、亜矢音の遺影がある。それぞれ手を合わせた。茶をだそうとする祥子を呼びとめ、李奈は話しかけた。「亜矢音さんの部屋を拝見できますか」

祥子のやつれた顔に、たずねるような表情が浮かぶ。「亜矢音の部屋ですか」

「はい。まだいちども拝見していないので」

「机とベッドぐらいしか残っていません。本当は持ち物をすべてとっておくべきでしょうけど、だいぶ処分してしまいました。掃除するたび胸が苦しくなるもので……」

「かまいません。よろしければ……」

「そうですか。ではどうぞ」祥子がドアに向かいだした。

宮宇編集長が李奈にきいた。「なんだね？」

「亜矢音さんの部屋をのぞくだけです。興味がなければおまちください」

菊池がつづいてきた。「一緒に行くよ。これも取材だろうし、亜矢音さんの暮らしぶりを知るのは重要だ」

祥子にいざなわれ、李奈は廊下にでた。すぐに上り階段がある。

階段を上りながら祥子がささやいた。「亜矢音の部屋は二階です。いまはがらんとしてます。ときおり亜矢音の呼ぶ声がきこえるような気がして、そのたび落ちこんで」

一階と二階の中間まで階段を上った。李奈は手を伸ばし、祥子の腕をそっとつかんだ。祥子が振りかえった。当惑顔で李奈を見下ろしてくる。

李奈は人差し指を唇にあて、声をださないようにうながした。階下に向き直ると、菊池と目が合った。足音を立てないように下りてください、そう身振り手振りでしめした。

菊池が妙な表情になった。「なんだ？」

ふたたび声をださないよう動作で伝える。今度は李奈が先頭になり、静かに階段を下りていった。足音をしのばせながら、ゆっくりと廊下を歩き、居間の引き戸の前へと戻る。

引き手に指先を這わせた。李奈は深呼吸をすると、一気に引き戸を開け放った。

居間には宮宇編集長が居残っていた。書棚の前にかがんだ宮宇が、ぎくりとした顔で振りかえった。表情筋が著しく痙攣している。

宮宇は手袋を嵌めていた。持っているのは箱入りの本。半分ほど書棚の最下段に挿しこまれている。筑摩書房『世界古典文学全集』第四十九巻、ルソーの『告白』だった。

菊池が啞然としてたたずんだ。「宮宇さん……？　なにをなさってるんですか」

祥子は室内をのぞくや、はっとした反応をしめし、宮宇に駆け寄った。本を見下ろす。題名を確認したらしい。祥子は信じられないという顔で、間近に宮宇を見つめた。

「いや」宮宇は半笑いを浮かべ、うわずった声を響かせた。「大変失礼しました。めずらしい本なんで、ちょっと見せてもらおうかと」

「そんな……」祥子は首を横に振った。「この本、なかったはずです」

室内は静寂に包まれた。雨音は受信できないラジオのノイズに似ていた。菊池は口を半開きにしたまま凍りついている。宮宇の震える手から『告白』が落ちそうになった。祥子があわてたようすでひったくった。本を眺める祥子の顔がこわばる。

李奈はいった。「宮宇さん。亜矢音さんを轢いて死なせましたよね」

29

空気が果てしなく張り詰める。菊池は絶句していた。祥子は『告白』を胸に抱えたまま、ゆっくりと宮宇から後ずさった。

出版社のなかでは威厳の感じられた中年男が、いま激しい動揺をしめしていた。宮宇はぎこちない笑いを浮かべた。「なにいってる。それは、あれか。ミステリの探偵の真似か。冗談が過ぎる。不謹慎だよ」

狼狽を隠しきれない表情こそ、ミステリの終盤で馬脚を露わす犯人そのものに思える。李奈は宮宇を見つめた。「直前に蛇行運転をしていたのは、飲酒のせいですか。信号前で一旦停止したけど、周りに誰もおらず、ふたたびクルマを発進させようとした。横断歩道を渡っている亜矢音さんにも気づかずに」

祥子は両手のなかに『告白』を抱え、前かがみになり、上目遣いに宮宇を睨みつけた。

宮宇は祥子を一瞥すると、李奈に向き直った。まだへらへらとした笑いが顔に留まる。「次はなんだ。〝二十面相、正体を現わせ〟か？」

「乱歩の通俗小説にみられる奇想天外さは、意図的な作風です。からかうものではありません。しかもあいにく現状には当てはまらないと思います。いまは現実そのものですから」

「社会派ミステリか。最近多いな。ラノベ作家が背伸びして、大人向けに挑戦したがる。講談社の人とも話したんだがね、きみら新人には教えておく必要がある。乱歩賞は乱歩のようなオチを求めてるわけじゃないと」

他社の権威性まで借り、新人作家を黙らせようとするのは、出版社に属する人間の常套手段だ。しかし李奈に話を逸らす気はなかった。「警察の鑑識が調べたとおり、路面から検出された血痕の量からみて、亜矢音さんが即死した可能性は低い。『告白・女児失踪』に書かれているように、宮宇さんは事故を隠蔽するため、亜矢音さんを車内に連れこみ、口をふさいで窒息死させたんです。裏道に入り、空き地の草むらに遺体を捨てた」

宮宇は憤怒をあらわにした。血走った目で声を荒らげた。「きみは作家だろう。うちの会社で世話になってる身だ。誰と話してると思ってる。編集部の長を侮辱して、仕事がつづけられると思ってるのか」

「勤め先も肩書きも、ただの社会的役割にすぎません。どんな職業に就いていようと、不祥事は個人の問題です」

「菊池！　担当編集だろう。非常識な作家は多いが、会社に迷惑をかけるのを見過ごしたら始末書ものだぞ。こんな作家はただちに切れ」

李奈は動じなかった。「宮宇さんの自家用車、クラウンじゃないけどセダンですよね。ご自宅の車庫に置きっぱなし。板金修理が終わっても、ほとぼりが冷めるまでは売れませんから」

「きみほど失敬な作家は初めてだ！　想像力の豊かさを褒めてもらえるのは、編集者の気遣いにすぎないとわきまえるべきだ」

「より大きな物損事故が、破損の痕跡を変え、それ以前に起きた人身事故を隠蔽してしまう。宮宇さん。幼い女の子を轢いてしまったあなたは、激しい後悔にさいなまれたでしょう。でもあなたは反省しなかった。ふだんから気に食わなかった作家に、罪をなすりつけることを思いついたんです。汰柱桃蔵さんに」

「帰る！」宮宇はドアに向かいだした。

「いいんですか？」李奈はささやいた。「警察は愛車を見たがってます。宮宇さんが任意で協力してくだされば、令状をとらずクルマを調べられるので、大変ありがたいとのことです」

宮宇が立ちどまった。引きつった顔で李奈を振りかえる。「もう警察にアプローチしたような口ぶりだな」

「岩崎翔吾さんの事件について、前にも協力していますから……。話だけは真剣にきいてもらえました。捜査一課の人が耳を傾けてくださるのは大きかったです」

「はったりだろう。小説家ならではの夢想癖だ。一般的には嘘つきと呼ばれる」

「本当にそう思いますか」

沈黙が生じた。宮宇が無言で見つめてきた。李奈は冷静に見かえした。修理工がいかに腕を振るおうと、亜矢音の血液や汗、皮膚片が、きっと内部のどこかに残る。亜矢音を載せたシートの血痕もそうだ。綺麗に拭きとったつもりでも、科学捜査の目はごまかせない。宮宇はそのリスクを重々承知していたはずだ。仮にもミステリを山ほど出版する、KADOKAWAの文芸の編集長なのだから。

菊池は激しくうろたえた。「宮宇さん。これはいったい……。杉浦さん、どういうことなんだ」

宮宇の額に青筋が浮かびあがった。「クルマは門柱にぶつけただけだ！」

李奈は宮宇を見つめた。「事故は三度起こしてます。最初に亜矢音さんを轢いた以外はわざとです。二度目は汰柱さんのクラウンにぶつけたでしょう。汰柱邸か仕事場の近くで待ち伏せし、出会い頭の事故を装い、クラウンにごつんと当てた」

「事故を起こした記録なんかない」

「通報しなかったからです。事故の相手があなたと知り、汰柱さんは驚いたでしょう。あなたは警察沙汰を避け、示談で済ませようと持ちかけた。修理費以上においしいビジネスを汰柱さんに提示したんです」

「『告白・女児失踪』を書かせたとでもいいたいのか。多額の印税を餌にすれば、汰柱はわけを知らないまま執筆してくれるって？　馬鹿な。汰柱は売りこまれたネタを小説化する作家ではない」

「いいえ！　それを書かせる方法があったんです」

「なんのことだ」

「あなたが汰柱さんに提供したのは、単なる小説のネタじゃなかった。映画のシナリオを渡したでしょう。有名な主演俳優、大物監督を起用、製作から大規模な配給まで内定済み。巨大なプロジェクトだから、ノベライゼーションにはベストセラー作家を起用する方針だと」

　室内にまた静けさがひろがった。宮宇は目を剝いたまま立ち尽くしている。過呼吸を起こしそうなほど荒い息遣いが響く。その反応こそが事実の裏付けに思える。

　宮宇は顔面を紅潮させた。「ノベライゼーションだ？　売れない三流作家の仕事だ！　菊池。この新人にいってやれ。汰柱桃蔵は下請け専門のライターとはちがうとな」

「……宮宇さん」菊池は声を震わせた。「未発表の大作映画ならそうでもありません。大御所作家に話が持ちかけられる場合もあります。原作者と見まがうようなビッグネームによる小説版。無名ライターの書く、いかにもノベライズ然とした刊行より、多くの初刷部数で大規模な展開が期待できます」

「そんなものはない」

「なにをいうんです。この五年間に何作もあったじゃないですか。少部数のノベライズの発売にとどまったのでは、高いロイヤリティを考慮すると、まるで利益がでないことも多い。大幅に部数を増やすため、付加価値をつけるには、旬の作家に書かせるのが最も手っ取り早い」

「旬の作家はノベライゼーションなんか引き受けない」

「ちがいますよ。旬の作家ほど引き受けたがるんです。小説の映像化は数年にいちどしか果たされませんが、その旨味(うまみ)を知っているベストセラー作家は、映画の公開が決定済みの小説を書きたいと願う。アーサー・C・クラークも『2001年宇宙の旅』のノベライズを引き受けたじゃありませんか」

「あれは厳密にはノベライゼーションではない。冒頭に著者がそう書いてるだろう」

「典型的な妥協案じゃないですか！　大御所作家にノベライズしてもらう際、映画製作側が上位だという関係性をぼやけさせるため、同時進行だとかアイディアの相互提供だとか、小説家にもイニシアチブがあったかのごとく謳(うた)う。本当は原作でなくても、商品として原作本にかぎりなく近づける」

「ノベライゼーションなど、ベストセラー作家のプライドが許さん。三流ライターなら、シナリオのト書きに毛を生やしただけの小説版も、生活のために書くだろう。だが汰柱桃蔵はちがう。大御所作家は脚本どおりに書いたりしない。内容に手を加えても、濃厚に自分のカラーで染めあげようとする」

「そうですよ。アーサー・C・クラークも同じです。編集部にとっても歓迎すべきことじゃないですか。ペラペラのノベライズとちがい、小説版が文芸の域まで引き上げられ、あわよくば原作本と錯覚されるのですから」

「映画製作側が納得しない！　ノベライズの勝手な内容改変など困るというだろうし、原作本を装うなとも抗議してくる。印税の分け前も当然ながら揉める。十二パーセントを半分に割り、六パーセントずつにしたところで、大御所作家は不満顔だ。そんな低いパーセンテージで書いたことはないからな。だからめったに成立しない」

李奈はすかさず口をはさんだ。「今回は成立必至だったんです。なぜなら本当はそんな映画、どこにもないからです。高額の印税も約束し放題だった。汰柱さんが大ファンの俳優の名を挙げ、とんでもない大物監督の起用を確約できた」

宮宇がなおも反論した。「そんなもの、汰柱が映画会社に問い合わせればわかることだ！」

菊池の表情が硬くなった。「宮宇さん……。警察が相手なら、そんな言いわけも通用するでしょう。でも私にはよしてください。どんな大物作家でも、映画関係者と直接連絡をとったりはしません。むしろ大物ほど、編集者を通してしか映像化の商談をしない。担当編集者が嘘の映像化で作家をだまそうとすれば……。きっと成功するでしょう」

「そのために偽の脚本を書き、製本して印刷するのか？　台本専門の印刷業者に証拠が残るぞ」

「宮宇さん」菊池がため息まじりにささやいた。「ご存じでしょう。準備稿や決定稿の印刷製本なんて、最近ではそう早々とおこなわれません。メールに添付した文書ファイルで検討が進みます。そのほうがノベライズにおいても、セリフのコピペが可能で、ライターや小説家にも歓迎されるからです」

返事はなかった。宮宇は身体ごと顔をそむけ、地団駄を踏むかのごとく、足をばたつかせた。それが異常な仕草だと自覚しながら、いっこうに制御できない。そんな混乱したありさまに思えた。

李奈は冷やかにそのようすを見守った。

宮宇が脚本に書いたのは、物的証拠がしめすとおりの一部始終ながら、主人公については虚構の物語だった。架空の中年男が幼女を轢き殺し、遺体を遺棄するまでを綴った。本当は中年男を汰柱に似せたかったのだが、それではシナリオを読んだ汰柱に気づかれるため、別人の設定にせざるをえなかった。さらにシーンバックで幼女の人生を描写した。そちらは作り話ではなく、週刊誌が報じた亜矢音の近況を織りこんだ。

汰柱は脚本を読み、発生したばかりの惣崎亜矢音さん失踪事件に似ていると思っただろう。しかしのちに『告白・女児失踪』を読んだ世間ほどには、事件の生々しい再現とは感じなかったにちがいない。

なぜなら宮宇の書いた映画シナリオは、とりわけ主人公の行動について、犯人のみが知りうる情報ばかりで構成されていたからだ。当時はまだそれらが事実を連想させるほど、手がかりが世間に開示されていなかった。

シナリオ上では固有名詞が変えてあっただろう。舞台もおそらく町田ではなかったはずだ。だが汰柱がシナリオに沿って小説化したのち、地名のみ一括変換で、町田に戻してしまえばいい。

むろん『告白・女児失踪』という題名も、汰柱が決めたのではない。映画のタイトルは異なっていただろう。汰柱に不審感を抱かれないため、別のタイトルを提示してあったにちがいない。当然ながら改題が前提だった。

宮宇は低くつぶやいた。「想像力がたくましいな。映画。シナリオ。ノベライズ……。どこからそんな突飛な発想がでてきた」

とぼけるふりをしながら、なぜ真相に行き着いたのか、それを知りたがっているとわかる。李奈は冷静に応じた。「『2001年宇宙の旅』の文庫本は、汰柱さんの仕事場の書棚にありました。汰柱さんも、自分がやるからにはノベライゼーションとして軽んじられるような本にはしない、そう思って執筆にとりかかったでしょう。だから汰柱さんは可逆的な手法をとった」

「なんのことだ」

「映画のノベライズの成功例ではなく、原作小説の映画化を参考にしたんです。映画より重厚な読みごたえを誇る、原作小説の醍醐味をめざした。参考にしたのは『悪霊島』です」

宮宇の目が虚空を見つめた。「ずいぶん古いな」

なぜ横溝正史なのか。五十代後半という汰柱の年齢を考えれば理解できる。昭和五十年代、角川書店は横溝正史作品を次々と映画化、黒い背表紙の文庫シリーズは累計五千五百万部以上にも達した。当時十代だった汰柱には、角川書店の小説と映画がリンクしたビジネスの大きな成功例として、横溝正史の記憶が深く刻みこまれていた。

李奈はいった。「横溝正史の『悪霊島』では、三津木五郎という登場人物が、じつは磯川警部の子供だったと明かされます。でも映画では、五郎の親は判明しません。事実を知った金田一の動揺。磯川が事件から手を引くくだり。五郎と語りあう終盤。いずれも映画にはありません」

「滑稽だ」宮宇は真顔でつぶやいた。「角川書店に入社して、こんなところで横溝正史の映画化談義をきくとはな。きみはまだ生まれてもいない歳だろうに」

「人格が変容した巴による男たちの殺害。最後まで行方不明のままの巴。越智による島の開発計画の中止。どれも映画版にはありません。汰柱さんの家にあった『悪霊島』、赤いボールペンで囲ってあったのは、ぜんぶ映画化に際し脚色された箇所です」

「汰柱桃蔵は仕事を家に持ち帰らない主義だったはずだ」

「仕事場にはテレビがなく、自宅のリビングにあります。リモコンには配信動画視聴用のボタンが付いてました。角川映画は多くの配信サービスに『悪霊島』を提供しています。小説と映画を対比する研究は、家でおこなわれたんです」

「小説の文章を赤く囲ったのが、汰柱とはかぎらんだろう。古本の前の持ち主かもしれん」

李奈は人差し指を胸ポケットにいれた。指先に貼りついた付箋をとりだす。「これ、たぶん本に貼ってあったんでしょう。汰柱さんの筆跡です。〝let it be〟に×印がつけてあります。映画では〝let it be〟が冒頭と終盤に流れます。小説にはそれがないことをしめしています」

「……『レット・イット・ビー』か」宮宇は楽しくもなさそうに、ただ乾いた口調で淡々といった。「『悪霊島』なら学生のころ映画館で観た。ビートルズの原曲が流れてた。いまの配信はちがうな。どっかのカバーだ。版権の都合だろう」

「汰柱さんは『悪霊島』を参考に、原作小説的な文芸の構築を試みた。ビデオ通話をラインのトークに替え、動画のくだりも置き手紙に替えた。やりとりを文章化し、小説に自然に溶けこませるための工夫です。『西新宿の渦』の鳥海裕也の登場も、自分の愛読者へのサービスでしょう。なにより主人公の過去が……」

宮宇が低く制してきた。「戯言はもうよさないか」

「脚本は主人公の過去について、たぶん曖昧に終始してた。汰柱さんは深みがないと感じた。轢かれる幼女の母親との、過去の因縁を追加した。汰柱さんにしてみれば、映画とちがう小説版の、独自の面白さを表現したつもりだった」

祥子が『告白』を抱えたまま嗚咽を漏らした。いまにもくずおれんばかりに前のめりになっている。膝が震えていた。子供のように泣きじゃくりながら、ひたすら宮宇を見つめる。

宮宇は汰柱の小説について、脚本からの変更に戸惑ったはずだ。だがそれらに手はつけられなかった。へたに修正すれば汰柱の味わいが消えてしまう。読む者すべてが、汰柱本人の筆と感じねばならない。変更はそのままになった。

遠雷が響いてくる。重低音に家がかすかに振動した。宮宇が大仰なほどにため息をついた。

「話にならん」宮宇が天井を仰いだ。「編集長の私が汰柱桃蔵と会い、ひとりでだましつづけたというのか。そんな暇があるか」

「ないでしょう」李奈は静かにいった。「汰柱さんはこれまで、KADOKAWAでは書いていない。だからあなたは新規に担当編集を紹介した。谷崎潤一さんを」

菊池が驚きの反応をしめした。「イメタニア社の社長を?」

「もちろん偽名を名乗らせたと思います。でも汰柱さんには、KADOKAWAの編集者だと伝えた。以後は谷崎さんが担当編集として、ひとりで汰柱さんと会い、打ち合わせをした」

「妄言だ」宮宇が吐き捨てた。「『告白・女児失踪』はイメタニア社が編集と制作、発売元は斑雪社だ。うちは関わっていない。汰柱とイメタニア社が交わした覚書があるじゃないか」

「いいえ」李奈はまた首を横に振った。「たしかに汰柱さんと谷崎さんは、ホテル雅叙園東京で覚書を交わしました。でも文面がちがっていました。紙のサイズも」

「紙のサイズだ？」

「谷崎さんはクリアファイルを特注で作らせてます。小ロットから受注可能な業者であっても、単位は百枚からなので、二万二千八百六十円を払いました。でも必要だったのは一枚だけです。業者に記録が残っていました。幅二一〇ミリ、高さ三六四ミリ」

菊池が眉をひそめた。「ずいぶん縦長だな」

「ええ。横幅はA4サイズなのに、縦幅のほうはB4サイズなんです。B4の紙を縦にした状態で、横端を四・七センチ裁断すると、このクリアファイルにすっぽりおさまります」

「なんでそんな大きさにする必要があった？」

「横幅はA4サイズと同じで、縦幅はA4より六・七センチ長い紙です。上のほうに本来の合意事項が印字してありました。多くても三行のみ、たぶん制作発表までは口外しないとの約束事でしょう。署名欄は特に設けられておらず、汰柱さんは文面の右下に署名捺印した。具体的には紙の上端から十二センチぐらい下になります」

宮宇が虚勢を張るように、からかいに似た口調でいった。「短冊みたいに縦に長い紙の、上のほうにだけ文面が書いてある覚書？　そんな不自然なものに署名捺印するか」

「不自然に思われないよう、ぴったり合うクリアファイルが必要だったんです。なかには覚書のほか、それらしい香盤表だとか、角川大映スタジオの図面だとか、すべてその特殊サイズの紙にコピーして収めれば、より効果的です。ＫＡＤＯＫＡＷＡの編集部は、映像事業部を兼ねてますから、いくらでも入手できます」

出版関係者どうしの協議なら、規格外の用紙サイズは、あきらかに奇妙だとわかる。しかし異業種となると話は別だった。複数枚の資料が特殊サイズの紙で揃えられ、それが業界のスタンダードだと示唆されれば、納得せざるをえない。

映画製作にかぎらず、初期の覚書は、じつに簡単な物が多い。紙の上のほうに数行しか印字がないこともありうる。映画業界にそんな慣例がなかったとしても、汰柱は疑惑を持ちにくかっただろう。ＫＡＤＯＫＡＷＡの編集者を通じ、大手映画会社と取引している、汰柱はそのように信じていたからだ。

宮宇の望む位置に、汰柱が署名捺印しなかった場合、また別の覚書を用意すればいい。文面を増減することで、少しずつ適切な署名捺印の位置を示唆していける。だがホテル雅叙園東京のようすを見るかぎり、いちどの工作でうまくいったようだ。

署名捺印させた覚書は二通あったが、〝映画製作者側が署名捺印をしたのち、一通を汰柱に郵送する〟と伝える。谷崎はその場で二通とも回収できる。

紙の上部、文面が印字された縦六・七センチを裁断する。これにより通常のA4サイズと化す。白紙の右上に汰柱の署名捺印だけがある。上端ぎりぎりではなく、五センチぐらいは下になる。裁断された箇所の下端寸前まで文面があったうえ、署名可能な空白は果てしなく下にひろがっていたからだ。谷崎が署名する場所を指差せば、汰柱はそのあたりにペンを走らせただろう。

新たな文面をパソコンで作り、プリンターによる一回だけの印刷で、すべてを完成させる。署名捺印より上、約五センチの空欄内に〝覚書〟との見出し。署名捺印の右に〝(甲)〟、その下に〝(乙)〟を印字し、あたかも両者の署名捺印欄が指定されていたように見せかける。そこから下には、宮宇と谷崎にとって都合のいい条項が連なる。むろん署名捺印の上に印字してはならない。インクの重なりぐあいで、印字より先に署名捺印されたと発覚してしまうからだ。

宮宇が書棚に寄りかかった。「そんな小細工で警察の目をごまかせるか。用紙を手作業で裁断した辺と、もともと機械で裁断した辺とでは、ミクロの単位で断面が異なる」

李奈は醒めた気分で応じた。「鑑識が紙そのものをつぶさに調べれば、きっとあきらかになるでしょう。でも麻布署は覚書について、疑わしき点の有無、法的効力の成否をたしかめただけです。ああいう文書は、持ち主の目の前で調べることが義務づけられています。紙の裁断面に至るまで、微に入り細を穿つ検査はしません」

「署名捺印後にプリンターのローラーを通ったことも、鑑識には確認できないというのか？」

「ええ。一回きりの印刷では不可能だそうです。紙をテーブルに伏せ、何度かこすっておけば、署名捺印のインクが載った部分と、プリンターの印字部分に生じる傷の差は、ほぼ識別困難になる。汰柱さんが白紙に署名捺印するはずもないし、覚書は真性の契約と認められる。あなたも計算ずくだった」

「一通は汰柱の仕事場にあったんだぞ」

「あなたが持ちこんで置いたんです。あのホームパーティーの夜に」

「馬鹿げてる」宮宇は両手をズボンのポケットに突っこんだ。「クリアファイルを発注したのは谷崎だといったな。私は関係ない」

「いえ。そうじゃありません」李奈はハンドバッグからクリアファイルをとりだした。

菊池が息を呑んだ。宮宇の目が見開かれたのち、顔ごと大きく逸れた。片方の頬筋が激しく痙攣している。

縦長の特注クリアファイル。真んなかに鳳凰のマークと〝KADOKAWA〟の表記からなる、コーポレートロゴが印刷してある。

〈源に残っていたデータを元に、同じ物を製作してもらった。李奈はいった。「宮宇さんが谷崎さんに送信したコーポレートロゴです。クリアファイルの発注内容に、印刷指定が含まれていました」

菊池が愕然とした表情になった。「なんてことだ。このマークは角川映画のブランドロゴと共通だ。東宝や東映による映画化だったとしても、うちを通じる以上、映像事業の担当者を介する。このクリアファイルには途方もない説得力がある」

「そうです」李奈はうなずいた。「宮宇編集長が紹介したKADOKAWAの担当編集者が、このロゴの入ったクリアファイルから、覚書をとりだしたんですよ。個人事業主の小説家が疑いを持つと思いますか」

谷崎潤一郎の一字欠けた名前の送り先、女性編集者がそう記憶していたことに、宮宇は内心あわてたにちがいない。忘れたふりをしたうえで、ムック本の制作のため要請された、そう嘘をついた。その後も谷崎と連絡をとりあっていたのだろう。谷崎も三鷹の簡易オフィスで、わざわざ李奈にムック本を見せ、ロゴの用途を説明してきた。

いまや室内は寒々と冷えきっていた。李奈は菊池にクリアファイルを手渡した。菊池はそれを眺め、さかんに目を瞬かせた。受け容れがたい、そう感じているにちがいない。とうとう詐欺行為が宮宇と結びついてしまった。

宮宇はうつむいたままきいた。「汰柱が映画について、誰にも話さないと思うか」

「ええ」李奈は応じた。「違約金が派生するとでもいわれていれば、絶対に話さないでしょう。汰柱さんは評判を気にする人だし、近いうちにまたベストセラーの恩恵にあずかれるわけですから。それに最終的には……」

李奈は言葉を切った。自分の発言にすら恐怖をおぼえる。祥子や菊池も怯えた顔を向けてくる。

すると宮宇は笑いだした。声をあげ笑った。「私と谷崎が結託して、汰柱の口を封じた？　いよいよ時代小説の風味すら帯びてきたな」

李奈は諫めた。「笑いごとじゃありません」

「そんなに私は汰柱桃蔵を憎んでたのかな。殺意を抱くほどの怨恨があったとでも？」

「あなたは自分が助かりたかっただけです。亜矢音さんを轢いてしまった事実を隠蔽し、罪を他人になすりつけようとした。汰柱さんについては、ビジネスで煮え湯を飲まされたか、多少気に食わないていどだったでしょう。でも誰かを犠牲にしなきゃいけなくなったとき、標的の第一候補になった」

「谷崎は？　共犯を持ちかける時点で、私にはリスクがある。向こうもわざわざ危ない橋を渡る必要がない」

「いえ。数億から数十億の収益が約束されてます。谷崎さんの性格を知ったうえで、宮宇さんが人選したんでしょう？　実際、谷崎さんは積極的でしたよね。直接手を下すのも谷崎さんが引き受けた。そのぶん多くの分け前を要求したでしょうけど、あなたには構わなかった。罪を逃れられるなら、大金を譲るのも差し支えないと思っていたから」

宮宇と谷崎のあいだに、どんな関係があったかは知るよしもない。大手出版社の編集長と、編プロの経営者なら、ビジネス上の主従関係が築かれる機会も多い。まして裏掲示板で詐欺の片棒を担ぐ人間を募る時世だ。犯罪で大儲けできることに躊躇しない編プロ社長。共犯には適任にちがいない。

宮宇が軽蔑のまなざしを向けてきた。「いよいよ小説じみてきた。いっておく。きみにはミステリの才能がない」

「小説の話なんかしてません。谷崎さんは全身防護服を着て、汰柱さんの留守宅に侵入した」

「彼はひとりで会社に居残り、宅配便の引き取りをしたはずだ」

「よくご存じですね。でも宅配業者に確認しました。呼び鈴を鳴らしたら、谷崎さんの声で、そこに置いといてくださいと返事があった。あれはグーグルのスマートドアホン。カメラが宅配業者を識別し、あらかじめ吹きこんだメッセージを再生します。あるいはスマホで応答もできる。紐をつけた認め印が、ドアのわきに吊してもあった」

「私には関係のない話だ」

「いいえ。宮宇さんもアリバイづくりのため、汰柱さんの仕事場のパーティーに出席後、他社の編集者らを交えて飲んだ。誘われなかったとしても、ほかの方法でひと晩、複数の他人と過ごすつもりだった」

「あの夜、汰柱が自宅に帰るのを予期できたと思うか？　みんな赤坂のバーか、カラオケにでも引っぱられるところだったのに」

李奈はため息をつきながら、ハンドバッグをまさぐった。「菊池さんはよく終盤のページを削れっていうけど、推理小説の謎解きが長引く理由、これで納得してくださいね。往生際の悪い人が相手だと、延々喋る羽目になる」

とりだしたのは汰柱桃蔵の文庫本、『赤の歳時記』だった。それを菊池に手渡す。

菊池はぱらぱらとページをめくった。「あの夜に持って帰った本じゃないな。新品だ」

「どうぞ」李奈はボールペンを差しだした。

宮宇の表情が険しくなった。菊池は当惑をしめしながらも、あの晩の再現を要請されている、そう理解したらしい。菊池は本から目を背けると、でたらめなページを開いた。文面を見ないままボールペンでレ点を打つ。

李奈は本をひったくった。「さてお立ち会い」

もったいをつけたのち、ふたたび本を開く。レ点は〝。〟の上に打たれていた。菊池が驚きの声をあげた。

だが宮宇は表情ひとつ変えなかった。「実際にレ点を打ったページとはちがうだろう。そのレ点は最初から打ってあった」

「ええ」李奈はうなずいた。「汰柱さんの悪ふざけに、いつも付き合わされていた宮宇さんは、段取りを心得てましたよね。汰柱さんが本をぱらぱらとめくるとき、ページを左手で弾(はじ)いて、最初から最後までたしかめるのも知っていた。だからあらかじめ句読点にレ点を打った見開きの、左のページを一ミリほどカットしておいたんです」

菊池が受けとった本をいじりまわした。「ああ。たしかにそうなってる。左手の親指でぱらぱらと弾けば、レ点を打った見開きだけ飛ばされる」

三省堂書店で優佳が落丁をうったえた。実際には紙が欠落していたのではなく、裁断が一枚のみ短くなっていた。あれによって事実に気づかされた。

くだんの夜、宮宇は汰柱に文庫本を渡し、〝これ未使用ですよね〟といった。ページをぱらぱらと弾いて、レ点がないことを事前に確認させた。

汰柱は漢字、カタカナ、ひらがなで占う。それも宮宇にとっては常識だったのだろう。句読点が指定されたことはない。よってあらかじめ〝。〟にレ点を打ち、左ページを一ミリほどカットした文庫本を、上着のポケットにいれておいた。汰柱に本を一冊選ぶようにいわれたとき、宮宇は背を向けながら、こっそりポケットの本をとりだした。

レ点を打ったのち、汰柱はいったん本を伏せて置き、さてお立ち会いと周囲に呼びかける。注目を集めたのち、ふたたび本をとりあげる。宮宇はあのとき本を先に奪った。右手の親指で一ミリだけ短くなったページを探り当て、本を持ちあげながら、瞬時にそこを開き直した。いったん本を閉じる動作が不自然に見えたとしても、事前にはどのページにもレ点がなかったことを、汰柱に確認させている。新たにレ点が打たれていれば、汰柱も信じるしかない。

宮宇が鼻を鳴らした。「帰り道、あの本はきみにあげたはずだ。端が一ミリ切ってある箇所があったか?」

「ありません。くれたのは同じ題名の、別の文庫本です。汰柱さんの仕事場には、著者見本が数冊ずつありました。あなたは同じ本を盗み、帰り支度の混雑に乗じ、同じページの〝。〟にレ点を打った。物理的な細工がなかったことを、さりげなく証拠に残したんです」

「偶然にも汰柱が、あらかじめレ点を打ってあったページを開いてしまったら? レ点がふたつになるぞ」

李奈はボールペンをしめした。「これ、書けないんです。インクが切れてます。宮宇さんが持ってたのも同じですよね。汰柱さんにボールペンを差しだしたのは宮宇さんです。あのときだけ汰柱さんは、自前のボールペンを使わなかった」

汰柱の帰宅を不測と思わせながら、じつは宮宇による強制だった。汰柱が入水自殺したように装いたかったのだろうが、宮宇は警察の科学捜査を甘く見ていた。防護服を着た人物が潜伏した痕跡も、体内の睡眠薬も検出されてしまった。

最後に強く門柱にぶつけた宮宇のクルマにしろ、事前情報なしの板金屋はだませても、警察を欺けるはずがない。鑑識が調べれば真実が浮かびあがる。

菊池は文庫本に目を落としていた。両手が震えている。唸(うな)るように菊池が呼びかけた。「宮宇さん」

宮宇は深くうつむいた。「物証はなにひとつない。小説家の戯言(たわごと)を信じるな」

「なら」菊池はむきになり、クリアファイルを突きだした。「これはなんですか⁉ うちのロゴが入ってます。こんな備品、社内で見たこともないですよ」

なおも宮宇は視線をあげなかった。どこかあきらめの感じられる口調でつぶやきだした。「私が偶然を装い、汰柱を家に帰らせた。家で待ち伏せしていた谷崎が、汰柱を刃物で脅し、睡眠薬の服用を強制。クルマを走らせ新木場に向かった。だが変だろう。一一〇番につながったスマホを差しだされ、おとなしく松本清張の本を読みあげるか？　助けてくれとわめくんじゃないのか」

李奈はハンドバッグをわきに置いた。「通報時に読んだわけじゃありません。事前に谷崎さんが、『私の一冊』の音声収録を要請したんです。担当編集からの依頼だと解釈し、汰柱さんは応じた。実際にユーチューブを検索すれば、大御所作家の音声が入った既存の動画がでてくるから、なんの問題もないと信じた」

「『疑惑』の一部だけ、うまく読みあげてくれると思うか」

「桐越昴良さんの話じゃ、カンペを読まされるだけだとか。本文からの引用が含まれていたら、そのまま読みあげるでしょう」

「鑑識が録音の音声を識別できないかね」

「ええ。デジタル録音だし、スマホの個体独特に生じるノイズや反響が、まったく同一だからだそうです」

「ユーチューブ用の収録だというのに、私ひとりがスマホを突きつけて、これに吹きこめといったのか。汰柱が信じてくれると思うか」

「スマホカメラでユーチューブ動画を撮影する時代ですよ。そのままスマホ内でデータを編集し、アップロードすると伝えればいい。大手出版社であっても、昨今の裏側はそんなものです」

「……経費削減が肝要だからな。CM用の音声すら、声優に自宅で録って送ってもらったりする。コロナ禍以降は抵抗もなくなった」

すでに警察が絡んでいることを、事実だと悟りだしたからか。宮宇の投げやりな口ぶりは、徐々に自白の響きを帯びつつある。

それなら浦辺からの請け売りも許されるだろう。李奈はいった。「ベンツのディストロニック・プラスって機能、アクセルを踏まなくても、前方に障害物がないかぎり、勝手に走っていくんですね。百キロでレバーをオンにしておけば、たちまちそこまで急加速する」

「汰柱を運転席に乗せ、谷崎がレバーをいれる」宮宇が物憂げにいった。「たぶん谷崎本人にきいたんだな。でなきゃディストロニック・プラスを用いたなんて、警察にも確証はないだろう」

李奈は静かに応じた。「谷崎さんへの任意の取り調べは、けさ早くから始まりました」

他社のロゴが入った、妙に長細いクリアファイルを、なんのために発注したのか。捜査一課はそれについて重点的に、谷崎に問いただしたらしい。覚書の裁断面も顕微鏡で調べられた。ここへ来る途中、佐々木刑事から連絡が入った。谷崎は自分の犯行についてほぼ認めた。

また雷鳴が轟いた。さっきより大きかった。地震のような揺れが尾を引く。壁にかかった額縁が振動し、小さくカタカタと鳴った。

祥子の真っ赤に染まった目が、宮宇をまっすぐ睨みつけた。「なぜ轢いたの」

宮宇は鼻を鳴らし、祥子を一瞥すると、ため息まじりにいった。「世間がいってるとおりだ。暗くなってから、あんな小さな子が外を出歩くなんて、親の監督不行き届きだ」

菊池が咎めた。「宮宇さん……。奥さんも、お子さんもいらっしゃるのに……」

「ああ。だから失うわけにいかなかったんだよ。ここまで来た日常を」

李奈の胸に虚しさが去来した。「祥子さん。あの日帰宅したとき、うっかり『告白』の一冊だけ、自転車のカゴに置き去りにしたんでしょうか。それとも家には持ちこんでも、書棚に戻すのを忘れたのか……。あるいは亜矢音さんが持ちだしたのか、真実はわかりません。なんにせよ、あなたに叱られた亜矢音さんは、本を持って外出しました」

祥子が茫然とした顔を向けてきた。「亜矢音が……?」

「なぜなら」李奈は宮宇に視線を移した。「亜矢音さんを轢いたとき、『告白』を拾ったんですよね?」

『告白』は遺失物としての届け出もないとわかった。家のなかからも見つかっていない。なら誰かが拾ったとは考えられないか。重くて大きな箱入りの古本。値がつくと考える人間は少ない。あれが希少本だと理解できる人間ほど、その後も手もとに長く置きやすい。読書家のみならず、出版関係者なら興味を抱きうる。

亜矢音を轢いたのは宮宇だと思われた。轢かれたとき、亜矢音が本を持っていたとしたら。

宮宇が沈痛につぶやいた。「クルマがぶつかる直前、ヘッドライトが照らしだすなか、真っ白に染まった幼児を見た。なにか大きな物を抱えてることは、そのときにもわかった。小さな身体だから、大きく見えたんだろうな。あわててクルマから降りると、幼児のそばに、その本が落ちてた」

李奈は祥子の家から『告白』が消えたことについて、宮宇と菊池に報告していなかった。よって宮宇が惣崎家に来ることになれば、本をこっそり返そうとする。李奈はそう予想した。なぜなら……。

菊池が宮宇に詰問した。「なぜ本を戻そうとしたんですか」

宮宇の顔があがった。虚ろな目つきが祥子の手もとに向いた。「家にあった本だ。血痕を調べられたら、母親に疑いが向くだろう」

祥子が愕然としながら宮宇を見つめた。驚きと畏怖のまなざしが『告白』に落ちる。本をおさめた箱を隅々まで眺めた。

箱は部分的に変色していた。褐色の沁みができている。それがなんであるか、いま宮宇が答えを口にした。

沈黙は一瞬だった。祥子が声にならない声を漏らした。

李奈はささやきかけた。「祥子さん……」

祥子が床にへたりこんだ。震える声がしだいに大きくなり、やがて絶叫になった。しゃくりあげながら、ただ喚きつづけた。

窓の外にあわただしい靴音がきこえる。チャイムがせわしなく鳴った。

警察だろう。到着しだい連絡すると伝えられていた。だがとっくに着いていたにもかかわらず、しばし様子見をしていたらしい。祥子の叫びをききつけ、あわてて家のなかを気にしだした。警察はいつもこうだった。事前の約束など簡単に反故にする。

靴音に祥子ははっとした。呻き声をあげ、這うように引き戸に向かう。『告白』は抱えたままだった。ふらつきながら立ちあがり、ひとり廊下に駆けだしていく。

玄関先で解錠する音がきこえた。雨音が大きくなった。ドアが開いたのがわかる。

室内には李奈と菊池、宮宇の三人だけが残された。

警察官らはなかなか家にあがろうとしない。ぼそぼそと話す声だけが、玄関先からきこえてくる。

宮宇は書棚の前を離れた。さも手持ち無沙汰にうろつくさまは、駅で見かける中年サラリーマンそのものだった。

「さて」宮宇は多少切りだしづらく感じたようすだったが、ほどなく世間話のような口調で、菊池に話しかけた。「あれだな。ミステリの終盤では、犯人が感情を爆発させたりするが、案外さっぱりしたもんだな。こういうとこは、参考にしなきゃいかんな」

菊池はなにも答えなかった。宮宇と視線を合わせようともしない。

宮宇の目が李奈に向いた。しかしすぐに顔を背けた。窓辺に寄ると、レースのカーテンから透けて見える外を、なにやら興味深そうに眺めた。「ああ。知らないうちにパトカーが来てるな。サイレンとか鳴らさないものなんだな」

たまりかねたように菊池がささやいた。「もう黙っててください」

なぜか宮宇は菊池に笑いかけた。李奈をまた一瞥し、菊池のもとに歩み寄った。

「なあ」宮宇の笑いは引きつっていた。「砂本さんにはきみから伝えてくれないか。最初は、そのう、不可抗力だったと。思ったまま話してくれていい。江利川さんや當真さんにも。法務部にも相談したいことがあるし、そこから弁護士を頼んでもらって……」

「宮宇さん」菊池が低い声でいった。「役員は誰も相手にしません。法務部なんて、まったくお門ちがいです。会社の問題ではなく、宮宇さん個人に起きたことです」

「……だけどな、菊池。俺にも立場ってもんがある。会社がただちに解雇することはない。そうだろ？　誤認や無罪の可能性もあるからな。事実関係をしっかり調査する責任が、企業にはある」

菊池は目を閉じた。首を横に振りながら菊池が告げた。「私が決めることじゃありません」

「おい。冷たいじゃないか」宮宇の笑いは、しだいに憤りへと変わっていった。「おまえが提案したことだろう」

「なんのことですか」

「とぼけるな。馬鹿のひとつおぼえのように、なにか起きればノンフィクション本、ノンフィクション本と……。営業が乗り気になりやすい企画を、いちいち抜け目なく提案する。今回にかぎり、編集長として反対すれば、奇妙に受けとられる。だから承認しなきゃいけなかったんだ」

菊池が無言で李奈に目を向けてきた。李奈も黙って菊池を見かえした。

以前の岩崎翔吾の件を考慮し、李奈が真実を暴くこともありうる、宮宇はそう思っていたのだろう。絶えず李奈を警戒し、事前に手を打っていた。レ点の本。ぶつけた自家用車が物損事故だった証明。いずれも先んじて李奈に確認させせようとした。

宮宇は焦燥のいろを濃くした。菊池の手に持たれたままのクリアファイルを、宮宇はひったくった。

「こんな物！」宮宇は血相を変えて怒鳴った。「これがなんだ！ 編プロの社長が勝手にやったことだ。ロゴの送信は、求められれば誰でもやる。使用規約を守らないのは向こうのせいだ。俺たちは詐欺に巻きこまれたんだ」

「俺たちって？」菊池が宮宇を見つめた。「私は関係ありません。会社もです」

「よく考えろ！ こんなクリアファイルに覚書だと？ 切りとったという上端はどこにある？ 偽の映画脚本？ ページの端を一ミリほどカットした文庫本？ スマホの録音？ 物証なんかひとつもない。新人作家の安っぽい妄想、でっちあげだ。誰を信じるべきかわかるな？ 編集者なら誰でも知ってる。小説家なんて嘘つきだ」

「物証ですか」菊池が冷静に応じた。「血のついた『告白』を、宮宇さんが書棚に戻そうとしていました」

「あれは……。いったじゃないか。ここにあっためずらしい本を手にとっただけだ。そういっただろう！」

宮宇は菊池に背を向けた。薄くなった髪を振り乱しながら、また地団駄を踏むように、激しく足をばたつかせた。

引き戸からスーツの群れがぞろぞろ入ってきた。佐々木と山崎もいた。すばやく室内のようすを見てとったらしい。李奈に目をとめたのも一瞬だった。動作自体はゆっくりと、しかし油断なく宮宇を囲みだした。

すると宮宇は力なく手を伸ばし、周りの接近を押しとどめた。「まだ触らないでくれ。ひとりで歩ける」

それっきり宮宇は振りかえることがなかった。退室する宮宇に私服警官らがつづく。祥子の姿はない。玄関先で保護されたのだろう。すなわち血痕の付着した『告白』は、もう警察の手に渡っている。

集団の足音が廊下を遠ざかっていく。部屋のなかは李奈と菊池だけになった。

李奈は室内を眺めた。全集のおさまった書棚。仏壇の遺影に、亜矢音の無邪気な笑顔があった。

菊池がため息とともに、ネクタイの結び目を緩めた。疲れきったような声で菊池がささやいた。「きみの言葉に無駄はなかった。でもやはり謎解きが長い。角川文庫の字組みで三十五ページはあったと思う」

「今後気をつけます」李奈は菊池の言葉が、彼なりの気遣いだとわかっていた。「そうはいっても、ゲラで削れるところはなさそうです。すべてママでイキに」

30

鶴間公園の芝生の広場に、夏の陽射しが降り注ぐ。ひとけはなかった。鮮やかな原色の緑に輝く自然が、やけに眩しく感じられる。蟬の声がひっきりなしに反響する。真っ青な空の一面に、羽毛を吹き散らかしたのごとく、軽い綿雲が浮かびあがる。大きな積乱雲も膨らみつつあった。

広場を縁取る並木の枝葉が、庇も同然に日陰をつくる。その薄暗がりのベンチに、黒いワンピースの女性が座っていた。遠くからでも惣崎祥子だとわかる。

李奈はレースのジャケットにロングスカート姿だった。セミフォーマルに見える装いにしたかった。ルソーの『告白』を携えながら歩く。箱入りの本は、不透明のビニール袋におさめてあった。警察が引き渡してくれたとき、この袋も添えられていた。箱の褐色の沁みが、あまりに痛々しいからだろう。

祥子は李奈に目をとめると、立ちあがっておじぎをした。李奈も頭をさげた。ベンチに並んで座る。

地面には木漏れ日が斑状に落ちている。膝の上に置いたビニールの包みを、李奈は差しだした。「町田署から引きとってきました」

　待ち合わせ場所を選んだのは祥子だった。重い本を運ぶのは手間だろうと、李奈は祥子の家まで届けようとしたが、公園で会いたいといわれた。実際に訪ねてみて、祥子がそう望んだ理由がわかる気がする。外は明るい。青空も広い。微風を肌に感じられる。

「ありがとう」祥子が荷物を受けとり、膝に載せた。「やっぱり、重いですね」

「家まで持っていきましょうか」

「いいえ。いいんです。自転車で来てるので」祥子がうつむきがちにささやいた。「原稿を拝読しました」

　返答に迷う。李奈は恐縮とともにいった。「拙いものをお目にかけまして、本当に申しわけありません」

「いえ」祥子は顔をあげ、芝生の広場を眺めた。「とても素晴らしかったです。わたしの思いも、驚くほど正確に綴られていました」

「そうでしょうか……」

「杉浦さん。あなたは優秀な作家さんですね。文章にやさしい人柄が滲みでてる。あなたのおかげで、本を嫌いにならずに済みそうです」

辛いことばかりの感情にも、かすかな安堵が生じてくる。李奈はささやきを漏らした。「よかった」

「あの本、出版されるんですか？」

また言葉に詰まった。原稿はいちおう書きあがった。けれどもKADOKAWAでだせるとは思えない。あの日からいちども出版についての協議はない。かといって他社でだすのも問題かもしれない。

祥子は察したようにいった。「出版の運びになったら、無理のないかたちで、いつでも」

本をだすことに同意してくれた。実際に世に問えるかどうかはわからない。それでも祥子の承認を得た。著者としての責任は果たされた、そう思えた。

ただし原稿はまだ完成していない。きょうそのことがあきらかになった。

「あのう」李奈は静かに語りかけた。「もう一章、付け足すべきことが」

祥子が李奈を見つめてきた。「どんなことですか」

「袋のなかには本のほかに、書類が一枚入っています。きょう町田署から受けとった、箱の鑑定結果です」

ためらいがちに祥子が袋を開ける。箱入りの本をなかに残し、書類だけをとりだした。

文面を眺めるや、祥子は目を閉じ、深くため息をついた。血痕という文字を見たからだろう。血液型、DNA型。いずれも亜矢音のものと鑑定されていた。

けれども付着物はそれだけではなかった。李奈はいった。「箱はいちどわずかに濡れた痕跡があるそうです。水分には微量の不純物が含まれていました。その書類によると、煤など燃焼由来の有機物、硫黄酸化物、窒素酸化物、塩素、ナトリウム、土壌由来の成分……」

祥子は目を開いた。戸惑いがちにたずねてきた。「どういう意味でしょうか」

「雨水です。亜矢音さんを保育園に迎えにいって、自転車で帰宅したのち、雨が降ったといいましたね？」

「ええ。ほんの少しのあいだですが」

「もし自転車のカゴに本を置きっぱなしだったとしても、庇の下なので濡れることはありません。亜矢音さんがいたずら目的で、庭先に隠したとも思えない。雨水は箱の表紙に均一に降り注いでいます。まったく覆いのない場所に横たわっていたんです」

「すると……」

李奈はうなずいた。「たぶん祥子さんが自転車で帰るとき、カゴから落ちてしまったんだろうと……。それがどこかはわかりません。でも亜矢音さんはおそらく、本が落ちるのを見たんです」

祥子が茫然とした顔を向けてきた。「亜矢音が……?」

「一瞬のできごとだったので、あなたにも伝えられなかった。あなたに叱られたあと、亜矢音さんは本が落ちた場所に拾いにでかけた。そう考えるのが自然です」

「なら拾った帰り道に……」

太陽が一部、雲に隠れた。芝生の緑が明暗に入りくんでいる。沈みきった空気が凍りつき、木陰に停滞した。

李奈の胸にこみあげてくるものがあった。「祥子さん。亜矢音さんは恨んではいないと思います。あなたが忙しさのあまり、心に余裕を失っていることも知っていた。だから叱られても反論しなかったんです。なにもいわず、ただお母さんのために、本を取り戻そうとした」

祥子は目を瞠っていた。たちまち目頭が潤みだし、大粒の涙が膨れあがった。瞬きとともに頬をつたう。祥子はうつむき、両手で顔を覆った。声をあげ泣きだした。

「亜矢音」祥子は嗚咽のなかで嘆いた。「一緒に本を読んであげたかった」

「道端に落とした本とともに、日常が戻ることをこそ、亜矢音さんは望んだんです。お母さんが嫌いなら、本を拾いにはいかないでしょう」

両手から祥子の顔がわずかに浮いた。涙のせいで肌が光沢を帯びている。髪が濡れた頬に絡みつく。すがるようなまなざしが李奈に向けられた。

見かえすのも辛い。李奈は視線を落とした。祥子の手をそっと握る。

『告白』のなかで、心に深く刻みこまれた一文がある。さまざまな翻訳を読んできた。複数の版の表現が交ざっているかもしれない。それでも意味は通じるだろう。李奈はささやいた。「向かい風のなかでも叡智ある人は、いつも幸せを求める道をたどり、理想の地に至るため、順風に乗るすべを知る」

祥子はまたうつむいた。涙が途絶えることなく滴下する。吹きつける風に枝葉がざわめく。自然の呼応に思えた。

語るべきことはすべて語った。李奈は腰を浮かせた。祥子に深くおじぎをし、ゆっくりと立ち去りだした。

「杉浦さん」祥子の涙声が背に届いた。「あなたの本を、今後も読ませていただきます。いつまでも、新刊がでるたびに」

李奈はわずかに振りかえった。祥子を視界の端にとらえるにとどめた。

「ラノベですよ」李奈はいった。

「名著です。あなたが書くのなら」

都会暮らしに乾いた心が、沁みるように温かく潤う。もういちど頭をさげ、李奈は歩きだした。

ふたたび陽が射してくる。蟬の合唱が遠のき、ふしぎな無音の感覚が、天と地とに満ちていく。文学とともに生きてよかった、李奈は心からそう思った。目に見えない感情を写しとり、執筆と読書を通じ、いつでも人と触れあえる。

解説

内田剛（ブックジャーナリスト）

会心の物語だ。しかしなんと油断も隙もない一冊なのだろう。絶好の「本よみに与ふる書」だ。語り口はユニークにしてシャープ。大胆な設定と繊細な描写が実に見事で、著者の細やかで鋭い観察眼は研ぎ澄まされたナイフのようでもある。名だたる出版社が実名で続々と登場し、業界の内実がさり気なくしかし生々しく暴かれていく。本書の発行元であるＫＡＤＯＫＡＷＡはもちろん、講談社、集英社、新潮社、文藝春秋、小学館など、出版業界人が読めば胸が騒めき緊張が走り肝を冷やし、一般の本好きな読者が読めば小説が世に出されるまでの舞台裏を知ることができて興味津々となることは間違いない。満足度満点。まさに2度読み3度読み必至のストーリーなのである。

個人的な話題で大変恐縮であるが、この文章を書いている僕は２０２０年の1月まで約30年間書店員として勤務していた。退職後も文芸出版社と仕事をする機会も多いのだが、本書に描かれている描写とそっくりそのままの景色をしばしば見かけている。なんと言ってもそのリアリティには驚かされるのだ。作中の書店まわりのシーンで古巣の書店（記憶も新しい最後の勤務場所）がそのものズバリ登場してきて他人事とは思えなかった。狭苦しいバックヤードで著者と編集、営業を迎えてのサイン本とPOPづくり。超大物作家に新人作家。いったい何度経験したことだろう。小説家としての業務のひとつは書店員の日常風景でもある。これもまた紛れもなく本を読者に届ける現場のリアルなのだ。

ただ単に著者と編集者、書店員など人物の関係性とその素顔が詳らかになり、出版社の社屋や業界のパーティー会場、書店店頭の再現力が迫真なばかりではない。例えば著者の直筆サイン本は返品ができず売れ残れば書店在庫になる、映画化前提の小説執筆依頼はその後は揉めるのでまずない、ミステリを書けば売れて当然という文壇の空気、作家自らがセールスポイントをアピールする講談社の新刊書籍説明会のプレッシャー、あまり相性のよくないユーチューブなどの動画と本の宣伝、校閲校正スタッフの存在など気になるエピソードや本音がふんだんに現れる。「ニヤリ」と「ヒヤリ」の連続で長きにわたり培われた「業界の常識」が溢れんばかりに伝わってくる。予算を削るための編集工程簡略化の実態や出版契約の仕組みなども分かり、ここまで明かして大丈夫なのかと思ってしまうほど。手厳しいセリフも多いがそれも本に対する愛の裏返しでもあるだろう。ともあれ偽らざる業界のリアルを知るだけでも刺激的な存在意義のある一冊だ。

主人公である杉浦李奈（23）は貧乏ひとり暮らしで駆け出しのライトノベル作家である。前作ではとある有名作家の盗作疑惑の謎を解き明かすことがテーマであったが、今回は血生臭い事件に巻き込まれる。流行作家・汰柱桃蔵の最新刊『告白・女児失踪』の内容はわずか2ヶ月前に発生した事件そのままであった。これは本当に汰柱本人が書いたものなのか。あえて問題作を世に出して話題づくりを狙ったのか。被害者にしか知り得ない情報が書かれているスキャンダラスな物語は世間や警察も巻き込んで大騒動となる。そして行方不明となる汰柱桃蔵。李奈にとっても他人事でなくなった。事件を取材しつつノンフィクション作品として世に問いかけるというミッションまで背負ってしまうのだ。何を書き、何を伝えるべきなのか。そのためにはどんなアプローチが必要なのか。小説としての虚構、ノンフィクションとしての真実。真贋の狭間で揺れ動く李奈の葛藤が切実に迫ってくる。

追いかけるほど謎が深まるミステリアスな展開が魅力的だが、読み終えてヒロインの成長ぶりがうかがえるところも嬉しい。既得権に守られた出版業界は古い常識や凝り固まった先入観が根強く蔓延り、新しいムーブメントを受け入れる土壌が希薄である。文学にもさまざまなジャンルがあるがいかに読者からの熱い応援があったとしても、ライトノベルというだけで純文学や正統派のエンターテインメント作品よりも下に見られてしまいがちである。しかし彼女は決してめげることはない。『トウモロコシの粒は偶数』というタイトルの一般文芸のミステリに挑むなど、どうしたら自分の書く物語を読んでもらえるか、読者にストレートに届けることができるのか、決して諦めずに真剣に悩み考え続ける。ただ売れる本を書けば良いのかという小説家としての矜持を自問する。書き手として真摯に現実と向き合いながら常に前向きにチャレンジする姿が激しく胸を打つのだ。上質なミステリであると同時にひとりの人間の成長譚でもある。これがまた大きな共感ポイントであることは間違いない。誰もがいつしか杉浦李奈ファンとなることだろう。さらに読後感の良さも特筆ものだ。ラストには高まる鼓動を抑えきれないような感動が待ち受けていることも付け加えておこう。

シリーズ一作目である前作の帯には「本好きのための文学ミステリ！」という宣伝文句が躍っていたが、事件を紐解く鍵がある小説に隠されておりまさにその通り。これはもう本読み垂涎の「読む本棚」である。物語の随所に作家・作品が散りばめられており文学ファンにはたまらない構成となっているのだ。しかも登場するのは古典的名作あれば知られざる逸品もあり、その絶妙なセレクトに唸らされ心にくいばかり。森鷗外『花子』、徳冨蘆花『不如帰』、太宰治『酒ぎらい』、石川啄木『一握の砂』、江戸川乱歩『同性愛文学史』、横溝正史『悪霊島』、松本清張『疑惑』、高木彬光『白昼の死角』、長嶋有『佐渡の三人』など、本書から始まる読書の輪はまったく尽きることがない。楽しみ方は無限にあるのだ。

およそ読みどころしか見当たらないこの作品の著者・松岡圭祐についても述べておかなければならないだろう。1997年にデビュー作『催眠』がミリオンセラーとなって以降、1999年の『千里眼』など映像化にも恵まれ、『万能鑑定士Q』、『探偵の探偵』、『高校事変』などシリーズ作品も数多い。十代の若者たちに圧倒的に支持をされているロングセラー『ミッキーマウスの憂鬱』もある。実に長きにわたって最前線で日本の文学界を牽引してきた人気作家として揺るぎない存在感を放っている。

しかも本作の発売で今年（2021年）9作目（！）の小説作品というからその筆力の漲りは尋常ではなく、とても人間業とは思えない。「松岡圭佑」はもはやひとつのジャンルであり、その突き抜けた書きっぷりは松岡マジックと呼ぶべきであろう。しかも作品数だけでなく質の高さ、筆の確かさはこれを読んでいる読者であれば実感しているはずである。ちなみに本年は小説以外に『小説家になって億を稼ごう』（新潮新書）というノンフィクション作品があって、作家という職業を赤裸々に曝け出し、業界でも大いに話題となった。本書とあわせて読めば「小説家」の生業への理解がより一層クリアになるはずだ。

紙の本の売上や書店の数は２０００年前後のピーク時から比べると半減しており、出版業界は崖っぷちと言われて久しい。しかし本書のように高密度のエンタメの面白さがありながら、奥深い文学の魅力を存分に味わえる作品がシリーズ化されるのは嬉しい限りだ。文芸界もまだまだ捨てたものではないと切に感じる。不況をものともしないこの作品は、書くことと読むことの意味を問いかけ、物語に親しむ喜びが全編から溢れだしてくる。グイグイと読む者を引きつける雄弁さがすごい。読めば読むほど本が好きになり、読書のきっかけとしてもまた最高である。文学通でもビギナーでも楽しめ、至福の読書体験を約束できるこの物語は世代を超えて読まれる価値があるのだ。ヒロイン・杉浦李奈が今後どのような作品を描いて成長を遂げるのか、行く先にいかなる難事件が待ち受けているのか、さらにどんな文学作品に出合えるか、楽しみで仕方がない。２０２２年２月刊行予定で準備中の第三弾を心待ちにしよう。

本書は書き下ろしです。

この物語はフィクションであり、登場する個人・団体等は、現実と一切関係がありません。

écriture　新人作家・杉浦李奈の推論 Ⅱ

松岡圭祐

令和３年 12月25日　初版発行

発行者●堀内大示

発行●株式会社KADOKAWA
〒102-8177　東京都千代田区富士見2-13-3
電話　0570-002-301（ナビダイヤル）

角川文庫 22961

印刷所●株式会社暁印刷
製本所●本間製本株式会社

表紙画●和田三造

●お問い合わせ
https://www.kadokawa.co.jp/（「お問い合わせ」へお進みください）
※内容によっては、お答えできない場合があります。
※サポートは日本国内のみとさせていただきます。
※Japanese text only

ISBN 978-4-04-112237-2　C0193

JASRAC 出 2109769-101　◇◇◇

角川文庫発刊に際して

角川源義

第二次世界大戦の敗北は、軍事力の敗北であった以上に、私たちの若い文化力の敗退であった。私たちの文化が戦争に対して如何に無力であり、単なるあだ花に過ぎなかったかを、私たちは身を以て体験し痛感した。西洋近代文化の摂取にとって、明治以後八十年の歳月は決して短かすぎたとは言えない。にもかかわらず、近代文化の伝統を確立し、自由な批判と柔軟な良識に富む文化層として自らを形成することに私たちは失敗して来た。そしてこれは、各層への文化の普及滲透を任務とする出版人の責任でもあった。

一九四五年以来、私たちは再び振出しに戻り、第一歩から踏み出すことを余儀なくされた。これは大きな不幸ではあるが、反面、これまでの混沌・未熟・歪曲の中にあった我が国の文化に秩序と確たる基礎を齎らすためには絶好の機会でもある。角川書店は、このような祖国の文化的危機にあたり、微力をも顧みず再建の礎石たるべき抱負と決意とをもって出発したが、ここに創立以来の念願を果すべく角川文庫を発刊する。これまで刊行されたあらゆる全集叢書文庫類の長所と短所とを検討し、古今東西の不朽の典籍を、良心的編集のもとに、廉価に、そして書架にふさわしい美本として、多くのひとびとに提供しようとする。しかし私たちは徒らに百科全書的な知識のジレッタントを作ることを目的とせず、あくまで祖国の文化に秩序と再建への道を示し、この文庫を角川書店の栄ある事業として、今後永久に継続発展せしめ、学芸と教養との殿堂として大成せんことを期したい。多くの読書子の愛情ある忠言と支持とによって、この希望と抱負とを完遂せしめられんことを願う。

一九四九年五月三日

松岡圭祐

écriture
新人作家・杉浦李奈の推論 Ⅲ

クローズド・サークル

2022年2月22日発売予定

発売日は予告なく変更されることがあります。

角川文庫

角川文庫ベストセラー

角川文庫ベストセラー

高校事変
松岡圭祐

武蔵小杉高校に通う優莉結衣は、平成最大のテロ事件を起こした主犯格の次女。この学校を突然、総理大臣が訪問することに。そこに武装勢力が侵入。結衣は、化学や銃器の知識や機転で武装勢力と対峙していく。

高校事変 Ⅱ
松岡圭祐

女子高生の結衣は、大規模テロ事件を起こし死刑になった男の次女。ある日、結衣と同じ養護施設の女子高生が行方不明に。彼女の妹に懇願された結衣が調査を進めると暗躍するＪＫビジネスと巨悪にたどり着く。

高校事変 Ⅲ
松岡圭祐

平成最悪のテロリストを父に持つ優莉結衣を武装集団が拉致。結衣が目覚めると熱帯林の奥地にある奇妙な〈学校村落〉に身を置いていた。この施設の目的は？日本社会の「闇」を暴くバイオレンス文学第３弾！

高校事変 Ⅳ
松岡圭祐

中学生たちを乗せたバスが転落事故を起こした。過酷な幼少期をともに生き抜いた弟の名誉のため、優莉結衣は半グレ集団のアジトに乗り込む。恐怖と暴力が支配する夜の校舎で命をかけた戦いが始まった。

高校事変 Ⅴ
松岡圭祐

優莉結衣は、武蔵小杉高校の級友で唯一心を通わせた濱林澪から助けを求められる。非常手段をも辞さない公安警察と、秩序再編をもくろむ半グレ組織。新たな戦闘のさなか結衣はあまりにも意外な敵と遭遇する。